中华经典传统文化

古诗词鉴赏

中华经典传统文化

古诗词鉴赏

崔明淑 著

學古房

在中国五千年的悠久历史长河中，诗词是文人雅客表达对日常生活、自然景观、政治风貌等方面的个人情感与思想的方式，且有大量的优秀诗词作品流传之至今，影响和启迪着无数后代读者。杜牧在《江南春》中用一句"千里莺啼绿映红"向读者展现了万紫千红、栩栩如生的锦绣江南风景；孟郊在《游子吟》中感慨"谁言寸草心，报得三春晖"，表达犹如春日阳光一样温暖、无私的母爱；汉乐府的《长歌行》中"少壮不努力，老大徒伤悲"则告诫着世人光阴易逝、人生短暂、不可虚度光阴

古诗词是中华文化的瑰宝，是千百年来智慧和情感的结晶。随着中国对传统文化传承的重视，越来越多的人开始学习古诗词，并在其中领略到了它们重要意义。一首古诗词犹如一位良师，使我们体会蕴含在诗词中的智慧与哲理，并帮助我们增强语言表达能力、学习历史与传统文化、开阔视野、陶冶情操、提高审美与文化修养。这对于

帮助学生感受中华文化的博大精深，培养文化修养以及为未来的成长打下坚实的文学基础都有着深远的意义。

这本《古诗词鉴赏》的编写初衷就是为了让学习汉语的学生们在学业的征途中更好地了解、学习和欣赏中国古代诗文的优美之处。通过一系列精选的经典古诗词，力求让学生能够轻松愉悦地接触到古代文化的精华。并且对每一首诗歌的精心解读和注释，致力于帮助学生理解古代文学作品中的深刻内涵，引导他们在欣赏中汲取养分，让古诗词成为他们成长路上的良师益友。

目录

13

15

咏 yǒng 鹅

[唐] 骆宾 luòbīn 王

鹅，鹅，鹅，

曲 项 向 天 歌。

白 毛 浮 绿 水，

红 掌 拨 清 波。

译文 ....

　　"鹅，鹅，鹅！"面向蓝天，一群鹅儿伸着弯曲的脖子在歌唱。白色的身体漂浮在碧绿的水面上，红红的脚掌拨动着清清水波。

江南

汉乐府 yuèfǔ

jiāng nán kě cǎi lián lián yè hé tián tián
江 南 可 采 莲， 莲 叶 何 田 田，

yú xì lián yè jiān
鱼 戏 莲 叶 间。

yú xì lián yè dōng yú xì lián yè xī
鱼 戏 莲 叶 东， 鱼 戏 莲 叶 西。

yú xì lián yè nán yú xì lián yè běi
鱼 戏 莲 叶 南， 鱼 戏 莲 叶 北。

译文

　　江南水上可以采莲，莲叶多么茂盛，鱼儿在莲叶间
嬉戏。鱼在莲叶的东边游戏，鱼在莲叶的西边游戏，鱼在
莲叶的的南边游戏，鱼在莲叶的北边游戏。

画

佚名

远看山有色，
yuǎn kàn shān yǒu sè

近听水无声。
jìn tīng shuǐ wú shēng

春去花还在，
chūn qù huā hái zài

人来鸟不惊。
rén lái niǎo bù jīng

远看高山色彩明亮，走到近处却听不到水的声音。
春天过去花仍在争奇斗艳，人走近鸟却没有被惊动。

19

悯 mǐn 农 (其二)

[唐] 李绅 shēn

锄 chú　禾 hé　日 rì　当 dāng　午 wǔ，

汗 hàn　滴 dī　禾 hé　下 xià　土 tǔ。

谁 shuí　知 zhī　盘 pán　中 zhōng　餐 cān，

粒 lì　粒 lì　皆 jiē　辛 xīn　苦 kǔ。

译文 ┄┄┄┄┄┄┄┄┄┄┄┄┄┄┄┄┄┄┄┄┄┄┄┄┄┄┄┄┄┄┄┄┄┄┄┄

　　盛夏中午，烈日炎炎，农民还在劳作，汗珠滴入泥土。有谁想到，我们碗中的饭食，一粒一粒都是农民辛苦劳动得来的呀？

古朗月行 (节选)

[唐] 李白

xiǎo shí bù shí yuè
小 时 不 识 月，

hū zuò bái yù pán
呼 作 白 玉 盘。

yòu yí yáo tái jìng
又 疑 瑶 台 镜，

fēi zài qīng yún duān
飞 在 青 云 端。

译文 ....

　　小时候我不认识月亮，将它呼作白玉盘。又怀疑是瑶台仙人的明境，飞在夜空青云之上。

21

风

[唐] 李峤qiáo

jiě luò sān qiū yè
解 落 三 秋 叶，

néng kāi èr yuè huā
能 开 二 月 花。

guò jiāng qiān chǐ làng
过 江 千 尺 浪，

rù zhú wàn gān xié
入 竹 万 竿 斜。

译文

能吹落秋天金黄的树叶，能吹开春天美丽的鲜花。刮过江面能掀千尺巨浪，吹进竹林能使万竿倾斜。

春晓 xiǎo

[唐] 孟 mèng 浩然

chūn mián bù jué xiǎo
春 眠 不 觉 晓,

chù chù wén tí niǎo
处 处 闻 啼 鸟。

yè lái fēng yǔ shēng
夜 来 风 雨 声,

huā luò zhī duō shǎo
花 落 知 多 少。

译文 ··

　　春日里贪睡不知不觉天就亮了,到处可以听见小鸟的鸣叫声。回想昨夜里的阵阵风雨声,不知吹落了多少娇美的春花?

赠 zèng 汪伦

[唐] 李白

李白乘舟将欲行，
忽闻岸上踏歌声。
桃花潭水深千尺，
不及汪伦送我情。

译文

　　李白坐上小船刚刚要远行离去，忽然听到岸上传来告别的歌声。即使桃花潭水有一千尺那么深，也比不上汪伦送我之情。

寻隐yǐn者不遇yù

[唐] 贾岛dǎo

松_{sōng} 下_{xià} 问_{wèn} 童_{tóng} 子_{zǐ}，

言_{yán} 师_{shī} 采_{cǎi} 药_{yào} 去_{qù}。

只_{zhǐ} 在_{zài} 此_{cǐ} 山_{shān} 中_{zhōng}，

云_{yún} 深_{shēn} 不_{bù} 知_{zhī} 处_{chù}。

译文

苍松下，我询问了年少的学童;他说，师傅已经采药去了山中。他还对我说，就在这座大山里，可山中云雾缭绕，不知他行踪。

25

静夜思

[唐] 李白

chuáng qián míng yuè guāng
床 前 明 月 光，

yí shì dì shàng shuāng
疑 是 地 上 霜。

jǔ tóu wàng míng yuè
举 头 望 明 月，

dī tóu sī gù xiāng
低 头 思 故 乡。

译文

　　明亮的月光洒在窗户纸上，好像地上泛起了一层霜。我禁不住抬起头来，看那天窗外空中的一轮明月，不由得低头沉思，想起远方的家乡。

26

池上

[唐] 白居易

小娃撑小艇，
偷采白莲回。
不解藏踪迹，
浮萍一道开。

译文

　　一个小孩撑着小船，偷偷地采了白莲回来。他不知怎么掩藏踪迹，水面的浮萍上留下了一条船儿划过的痕迹。

小池

[宋] 杨万里

quán yǎn wú shēng xī xì liú
泉 眼 无 声 惜 细 流,

shù yīn zhào shuǐ ài qíng róu
树 阴 照 水 爱 晴 柔。

xiǎo hé cái lù jiān jiān jiǎo
小 荷 才 露 尖 尖 角,

zǎo yǒu qīng tíng lì shàng tóu
早 有 蜻 蜓 立 上 头。

译文

　　泉眼悄然无声是因舍不得细细的水流,树荫倒映水面是喜爱晴天和风的轻柔。娇嫩的小荷叶刚从水面露出尖尖的角,早有一只调皮的小蜻蜓立在它的上头。

画鸡

[明] 唐寅

头上红冠不用裁，

满身雪白走将来。

平生不敢轻言语，

一叫千门万户开。

译文

雄鸡头上的红色冠子不用特别剪裁，身披雪白的羽毛雄纠纠地走来。它平生不敢轻易鸣叫，它叫的时候，千家万户的门窗都打开。

梅花

[宋] 王安石

qiáng jiǎo shù zhī méi
墙　角　数　枝　梅，

líng hán dú zì kāi
凌　寒　独　自　开。

yáo zhī bú shì xuě
遥　知　不　是　雪，

wèi yǒu àn xiāng lái
为　有　暗　香　来。

译文

　　那墙角的几枝梅花，冒着严寒独自盛开。为什么远望就知道洁白的梅花不是雪呢？因为梅花隐隐传来阵阵的香气。

小儿垂钓 diào

[唐] 胡令能

péng tóu zhì zǐ xué chuí lún
蓬 头 稚 子 学 垂 纶,
cè zuò méi tái cǎo yìng shēn
侧 坐 莓 苔 草 映 身。
lù rén jiè wèn yáo zhāo shǒu
路 人 借 问 遥 招 手,
pà dé yú jīng bú yìng rén
怕 得 鱼 惊 不 应 人。

译文 ....

　　一个头发蓬乱的小孩子正在学垂钓,侧身坐在青苔上绿草映衬着他的身影。遇到有人问路,他老远就招着小手,因为不敢大声应答,唯恐鱼儿被吓跑。

登鹳_{guàn}雀楼

[唐] 王之涣_{huàn}

bái rì yī shān jìn
白 日 依 山 尽，

huáng hé rù hǎi liú
黄 河 入 海 流。

yù qióng qiān lǐ mù
欲 穷 千 里 目，

gèng shàng yì céng lóu
更 上 一 层 楼。

译文 ···

　　太阳依傍山峦渐渐下落，黄河向着大海滔滔东流。
如果要想遍览千里风景，那就请再登上一层高楼。

望庐(lú)山瀑布

[唐] 李白

日照香炉生紫烟，
遥看瀑布挂前川。
飞流直下三千尺，
疑是银河落九天。

译文

　　太阳照耀下的庐山香炉峰升腾起紫色的云霞。远看瀑布，好像一条大河悬挂在山前。瀑布飞快地直往下泻，很长很长，简直使人以为那是银河从九重天外落了下来。

江雪

[唐] 柳宗zōng元

qiān shān niǎo fēi jué
千　山　鸟　飞　绝，

wàn jìng rén zōng miè
万　径　人　踪　灭。

gū zhōu suō lì wēng
孤　舟　蓑　笠　翁，

dú diào hán jiāng xuě
独　钓　寒　江　雪。

译文

　　所有的山上，飞鸟的身影已经绝迹，所有道路都不见人的踪迹。江面孤舟上，一位披戴着蓑笠的老翁，独自在大雪覆盖的寒冷江面上垂钓。

夜宿_{sù}山寺_{sì}

[唐] 李白

wēi lóu gāo bǎi chǐ
危 楼 高 百 尺，

shǒu kě zhāi xīng chén
手 可 摘 星 辰。

bù gǎn gāo shēng yǔ
不 敢 高 声 语，

kǒng jīng tiān shàng rén
恐 惊 天 上 人。

译文

山上寺院真高啊，好像有一百尺的样子，人在楼上好像一伸手就可以摘下天上的星星。站在这里，不敢大声说话，唯恐惊动了天上的神仙。

敕勒歌

北朝民歌

chì lè chuān yīn shān xià
敕 勒 川, 阴 山 下。

tiān sì qióng lú lǒng gài sì yě
天 似 穹 庐, 笼 盖 四 野。

tiān cāng cāng yě máng máng
天 苍 苍, 野 茫 茫,

fēng chuī cǎo dī xiàn niú yáng
风 吹 草 低 见 牛 羊。

译文

辽阔的敕勒大平原，就在阴山脚下。敕勒川的天空如毡制的圆顶大帐篷，它的四面与大地相连。蔚蓝的天空一望无际，碧绿的原野一片茫茫。那风吹到草低处，有一群群的牛羊时隐时现。

村居

[清] 高鼎dǐng

cǎo zhǎng yīng fēi èr yuè tiān
草 长 莺 飞 二 月 天，

fú dī yáng liǔ zuì chūn yān
拂 堤 杨 柳 醉 春 烟。

ér tóng sàn xué guī lái zǎo
儿 童 散 学 归 来 早，

máng chèn dōng fēng fàng zhǐ yuān
忙 趁 东 风 放 纸 鸢。

译文 ··

    农历二月，村子前后的青草已经渐渐发芽生长，黄莺飞来飞去。杨柳披着长长的绿枝条，随风摆动，好像在轻轻地抚摸着堤岸。在水泽和草木间蒸发的水汽，如同烟雾般凝集着。杨柳似乎都陶醉在这浓丽的景色中。村里的孩子们放了学急忙跑回家，趁着东风把风筝放上蓝天。

咏柳

[唐] 贺知章

碧玉妆成一树高，
万条垂下绿丝绦。
不知细叶谁裁出，
二月春风似剪刀。

译文

　　高高的柳树长满了翠绿的新叶，轻柔的柳枝垂下来，就像万条轻轻飘动的绿色丝带。这细细的嫩叶是谁的巧手裁剪出来的呢？原来是那二月里温暖的春风，它就像一把灵巧的剪刀。

赋(fù)得古原草送别

[唐] 白居易

离(lí) 离(lí) 原(yuán) 上(shàng) 草(cǎo),

一(yí) 岁(suì) 一(yì) 枯(kū) 荣(róng)。

野(yě) 火(huǒ) 烧(shāo) 不(bú) 尽(jìn),

春(chūn) 风(fēng) 吹(chuī) 又(yòu) 生(shēng)。

译文 ....

　　长长的原上草是多么茂盛,每年秋冬枯黄春来草色浓。无情的野火只能烧掉干叶,春风吹来大地又是绿茸茸。

晓出净慈(cí)寺送林子方

[宋] 杨万里

毕(bì) 竟(jìng) 西(xī) 湖(hú) 六(liù) 月(yuè) 中(zhōng)，

风(fēng) 光(guāng) 不(bù) 与(yǔ) 四(sì) 时(shí) 同(tóng)。

接(jiē) 天(tiān) 莲(lián) 叶(yè) 无(wú) 穷(qióng) 碧(bì)，

映(yìng) 日(rì) 荷(hé) 花(huā) 别(bié) 样(yàng) 红(hóng)。

译文

　　到底是西湖六月天的景色，风光与其它季节大不相同。密密层层的荷叶铺展开去，一片无边无际的青翠碧绿，像与天相接，阳光下的荷花分外鲜艳娇红。

绝句

[唐] 杜甫

liǎng gè huáng lí míng cuì liǔ
两　个　黄　鹂　鸣　翠　柳，

yì háng bái lù shàng qīng tiān
一　行　白　鹭　上　青　天。

chuāng hán xī lǐng qiān qiū xuě
窗　含　西　岭　千　秋　雪，

mén bó dōng wú wàn lǐ chuán
门　泊　东　吴　万　里　船。

译文

　　两只黄鹂在翠绿的柳树间鸣叫，一行白鹭直冲向蔚蓝的天空。坐在窗前可以看见西岭千年不化的积雪，门前停泊着自万里外的东吴远行而来的船只。

悯农(其一)

[唐] 李绅

chūn zhòng yí lì sù
春 种 一 粒 粟,

qiū shōu wàn kē zǐ
秋 收 万 颗 子。

sì hǎi wú xián tián
四 海 无 闲 田,

nóng fū yóu è sǐ
农 夫 犹 饿 死。

译文 ···

　　春天播种下一粒种子,到了秋天就可以收获很多的粮食。天下没有一块不被耕作的田,可仍然有种田的农夫饿死。

舟 zhōu 夜书所见

[清] 查慎行 zhāshènxíng

月 yuè 黑 hēi 见 jiàn 渔 yú 灯 dēng，
孤 gū 光 guāng 一 yì 点 diǎn 萤 yíng。
微 wēi 微 wēi 风 fēng 簇 cù 浪 làng，
散 sàn 作 zuò 满 mǎn 河 hé 星 xīng。

译文

　　漆黑之夜不见月亮，只见那渔船上的灯光，孤独的灯光在茫茫的夜色中，象萤火虫一样发出一点微亮。微风阵阵，河水泛起层层波浪，渔灯微光在水面上散开，河面好象撒落无数的星星。

所见

[清] 袁枚 yuánméi

mù　tóng　qí　huáng　niú
牧　童　骑　黄　牛，

gē　shēng　zhèn　lín　yuè
歌　声　振　林　樾。

yì　yù　bǔ　míng　chán
意　欲　捕　鸣　蝉，

hū　rán　bì　kǒu　lì
忽　然　闭　口　立。

译文

　　牧童骑在黄牛背上，嘹亮的歌声在林中回荡。忽然想要捕捉树上鸣叫的知了，就马上停止唱歌，一声不响地站立在树下。

山行

[唐] 杜牧

yuǎn shàng hán shān shí jìng xié
远 上 寒 山 石 径 斜，

bái yún shēng chù yǒu rén jiā
白 云 生 处 有 人 家。

tíng chē zuò ài fēng lín wǎn
停 车 坐 爱 枫 林 晚，

shuāng yè hóng yú èr yuè huā
霜 叶 红 于 二 月 花。

译文 ....

　　深秋中沿着弯曲的小路登上远山，在那白云生成的地方居然还有人家。停下车来是因为喜爱深秋枫林的晚景，染过秋霜的枫叶胜于二月红花。

赠刘景文

[宋] 苏轼shì

hé　jìn　yǐ　wú　qíng　yǔ　gài
荷　尽　已　无　擎　雨　盖，

jú　cán　yóu　yǒu　ào　shuāng　zhī
菊　残　犹　有　傲　霜　枝。

yì　nián　hǎo　jǐng　jūn　xū　jì
一　年　好　景　君　须　记，

zhèng　shì　chéng　huáng　jú　lǜ　shí
正　是　橙　黄　橘　绿　时。

译文 ....

　　荷花凋谢连那擎雨的荷叶也枯萎了，只有那开败了菊花的花枝还傲寒斗霜。你一定要记住一年中最好的光景，就是橙子金黄、橘子青绿的秋末冬初的时节啊。

46

夜书所见

[宋] 叶绍翁

xiāo xiāo wú yè sòng hán shēng
萧　萧　梧　叶　送　寒　声，

jiāng shàng qiū fēng dòng kè qíng
江　上　秋　风　动　客　情。

zhī yǒu ér tóng tiǎo cù zhī
知　有　儿　童　挑　促　织，

yè shēn lí luò yì dēng míng
夜　深　篱　落　一　灯　明。

译文 ....

　　瑟瑟的秋风吹动梧桐树叶，送来阵阵寒意，江上吹来秋风，使出门在外的我不禁思念起自己的家乡。家中几个小孩还在兴致勃勃地斗蟋蟀呢!夜深人静了还亮着灯不肯睡眠。

望天门山

[唐] 李白

tiān mén zhōng duàn chǔ jiāng kāi
天 门 中 断 楚 江 开,

bì shuǐ dōng liú zhì cǐ huí
碧 水 东 流 至 此 回。

liǎng àn qīng shān xiāng duì chū
两 岸 青 山 相 对 出,

gū fān yí piàn rì biān lái
孤 帆 一 片 日 边 来。

译文 ....

　　楚江东来冲开天门奔腾澎湃，一路奔流的长江到此突然回旋徘徊。天门山东西默然相对，一片白帆从旭日东升的远处驶来。

饮湖上初晴后雨

[宋] 苏轼

shuǐ guāng liàn yàn qíng fāng hǎo
水 光 潋 滟 晴 方 好，

shān sè kōng méng yǔ yì qí
山 色 空 蒙 雨 亦 奇。

yù bǎ xī hú bǐ xī zǐ
欲 把 西 湖 比 西 子，

dàn zhuāng nóng mǒ zǒng xiāng yí
淡 妆 浓 抹 总 相 宜。

译文

在灿烂的阳光照耀下，西湖水微波粼粼，波光艳丽，看起来很美；雨天时，在雨幕的笼罩下，西湖周围的群山迷迷茫茫，若有若无，也显得非常奇妙。若把西湖比作美人西施，淡妆浓抹都是那么得十分适宜。

望洞庭

[唐] 刘禹锡 yǔxī

hú guāng qiū yuè liǎng xiāng hé
湖 光 秋 月 两 相 和,

tán miàn wú fēng jìng wèi mó
潭 面 无 风 镜 未 磨。

yáo wàng dòng tíng shān shuǐ cuì
遥 望 洞 庭 山 水 翠,

bái yín Pán lǐ yì qīng luó
白 银 盘 里 一 青 螺。

译文

洞庭湖上月光和水色交相融和,湖面风平浪静如同未磨拭的铜镜。远远眺望洞庭湖山水苍翠如墨,好似洁白银盘托着青青的螺。

50

早发白帝城

[唐] 李白

朝辞白帝彩云间，

千里江陵一日还。

两岸猿声啼不住，

轻舟已过万重山。

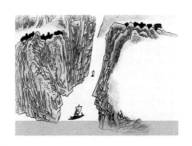

译文

　　清晨告别高五彩云霞映照下的白帝城，千里之遥的江陵，一天就可以到达。两岸猿声还在耳边不停地回荡，轻快的小舟已穿过万重青山。

采莲曲

[唐] 王昌龄

荷叶罗裙一色裁，
芙蓉向脸两边开。
乱入池中看不见，
闻歌始觉有人来。

译文

采莲少女的绿罗裙融入到荷叶中，仿佛一色，少女的脸庞掩映在盛开的荷花间，相互映照。混入莲池中不见了踪影，听到歌声四起才觉察到有人前来。

绝句

[唐] 杜甫

chí rì jiāng shān lì
迟 日 江 山 丽，

chūn fēng huā cǎo xiāng
春 风 花 草 香。

ní róng fēi yàn zǐ
泥 融 飞 燕 子，

shā nuǎn shuì yuān yāng
沙 暖 睡 鸳 鸯。

译文

　　江山沐浴着春光，多么秀丽，春风送来花草的芳香。燕子衔着湿泥忙筑巢，暖和的沙子上睡着成双成对的鸳鸯。

惠崇 chóng 春江晚景

[宋] 苏轼

zhú wài táo huā sān liǎng zhī
竹 外 桃 花 三 两 枝，

chūn jiāng shuǐ nuǎn yā xiān zhī
春 江 水 暖 鸭 先 知。

lóu hāo mǎn dì lú yá duǎn
蒌 蒿 满 地 芦 芽 短，

zhèng shì hé tún yù shàng shí
正 是 河 豚 欲 上 时。

译文 ....

　　竹林外两三枝桃花初放，鸭子在水中游戏，它们最先察觉了初春江水的回暖。河滩上已经满是蒌蒿，芦笋也开始抽芽，而河豚此时正要逆流而上，从大海回游到江河里来了。

三衢qú道中

[宋] 曾几zēngjī

méi zǐ huáng shí rì rì qíng
梅 子 黄 时 日 日 晴,

xiǎo xī fàn jìn què shān xíng
小 溪 泛 尽 却 山 行

lǜ yīn bù jiǎn lái shí lù
绿 阴 不 减 来 时 路,

tiān dé huáng lí sì wǔ shēng
添 得 黄 鹂 四 五 声。

译文 ....

　　梅子黄透了的时候,天天都是晴和的好天气,乘小舟沿着小溪而行,走到了小溪的尽头,再改走山路继续前行。山路上苍翠的树,与来的时候一样浓密,深林丛中传来几声黄鹂的欢鸣声,比来时更增添了些幽趣。

忆江南

[唐] 白居易

jiāng nán hǎo fēng jǐng jiù céng ān
江 南 好, 风 景 旧 曾 谙。

rì chū jiāng huā hóng shèng huǒ
日 出 江 花 红 胜 火,

chūn lái jiāng shuǐ lǜ rú lán
春 来 江 水 绿 如 蓝。

néng bú yì jiāng nán
能 不 忆 江 南?

译文

　　江南美啊，对我来说江南的美景曾经是那么的熟悉。灿烂的阳光把江畔的野花照耀得比火还要红，春天的江水如蓝草一样碧绿清澈。这样的景色让我怎能不常常回忆呢？

元日

[宋] 王安石

bào zhú shēng zhōng yī suì chú
爆 竹 声 中 一 岁 除，

chūn fēng sòng nuǎn rù tú sū
春 风 送 暖 入 屠 苏。

qiān mén wàn hù tóng tóng rì
千 门 万 户 曈 曈 日，

zǒng bǎ xīn táo huàn jiù fú
总 把 新 桃 换 旧 符。

译文 ....

　　爆竹声中旧的一年已经过去，和暖的春风吹来了新年，人们欢乐地畅饮着新酿的屠苏酒。初升的太阳照耀着千家万户，他们都忙着把旧的桃符取下，换上新的桃符。

清明

[唐] 杜牧

清明时节雨纷纷，
路上行人欲断魂。
借问酒家何处有，
牧童遥指杏花村。

译文

　　清明节这天细雨纷纷，路上行人情绪低落，神魂散乱。问一声哪里才有酒家，他指了指远处的杏花村。

九月九日忆山东兄弟

[唐] 王维

dú zài yì xiāng wéi yì kè
独 在 异 乡 为 异 客，

měi féng jiā jié bèi sī qīn
每 逢 佳 节 倍 思 亲。

yáo zhī xiōng dì dēng gāo chù
遥 知 兄 弟 登 高 处，

biàn chā zhū yú shǎo yì rén
遍 插 茱 萸 少 一 人。

译文

独自离家在外地为他乡客人，每逢佳节来临格外思念亲人。遥想兄弟们今日登高望远时，头上插茱萸可惜只少我一人。

59

滁chú州西涧jiàn

[唐] 韦应wéiyīng物

独dú 怜lián 幽yōu 草cǎo 涧jiàn 边biān 生shēng，

上shàng 有yǒu 黄huáng 鹂lí 深shēn 树shù 鸣míng。

春chūn 潮cháo 带dài 雨yǔ 晚wǎn 来lái 急jí，

野yě 渡dù 无wú 人rén 舟zhōu 自zì 横héng。

 译文

　　唯独喜欢涧边幽谷里生长的野草，还有那树丛深处婉转啼鸣的黄鹂。傍晚时分，春潮上涨，春雨淅沥，西涧水势顿见湍急，荒野渡口无人，只有一只小船悠闲地横在水面。

大林寺桃花

[唐] 白居易

rén jiān sì yuè fāng fēi jìn
人 间 四 月 芳 菲 尽，

shān sì táo huā shǐ shèng kāi
山 寺 桃 花 始 盛 开。

cháng hèn chūn guī wú mì chù
长 恨 春 归 无 觅 处，

bù zhī zhuǎn rù cǐ zhōng lái
不 知 转 入 此 中 来。

译文

　　在人间四月里百花凋零已尽，高山古寺中的桃花才刚刚盛开。我常为春光逝去无处寻觅而怅恨，却不知它已经转到这里来。

浪淘沙(其七)

[唐] 刘禹锡

八月涛声吼地来，
头高数丈触山回。
须臾却入海门去，
卷起沙堆似雪堆。

译文

　　八月的涛声如万马奔腾惊天吼地而来，数丈高的浪头冲向岸边的山石又被撞回。片刻之间便退向江海汇合之处回归大海，它所卷起的座座沙堆在阳光照耀下像洁白的雪堆。

鹿柴 zhài

[唐] 王维

kōng shān bú jiàn rén
空 山 不 见 人，

dàn wén rén yǔ xiǎng
但 闻 人 语 响。

fǎn jǐng rù shēn lín
返 景 入 深 林，

hù zhào qīng tái shàng
复 照 青 苔 上。

译文

　　山中空空荡荡不见人影，只听得喧哗的人语声响。夕阳的金光射入深林中，青苔上映着昏黄的微光。

暮江吟

[唐] 白居易

一道残阳铺水中，
半江瑟瑟半江红。
可怜九月初三夜，
露似真珠月似弓。

　　一道残阳渐沉江中，半江碧绿半江艳红。最可爱的是
那九月初三之夜，露珠似颗颗珍珠，朗朗新月形如弯弓。

64

题西林壁

[宋] 苏轼

héng kàn chéng lǐng cè chéng fēng
横 看 成 岭 侧 成 峰,

yuǎn jìn gāo dī gè bù tóng
远 近 高 低 各 不 同。

bù shí lú shān zhēn miàn mù
不 识 庐 山 真 面 目,

zhǐ yuán shēn zài cǐ shān zhōng
只 缘 身 在 此 山 中。

译文 ·····

　　从正面看庐山的山岭连绵起伏,从侧面看庐山山峰耸立,从远处、近处、高处、低处看庐山,庐山呈现各种不同的样子。人们之所以认不清庐山本来的面目,是因为自己身在庐山之中啊!

雪梅

[宋] 卢梅坡

梅雪争春未肯降,
骚人搁笔费评章。
梅须逊雪三分白,
雪却输梅一段香。

译文

　　梅花和雪花都认为各自占尽了春色,谁也不肯服输。难坏了诗人,难写评判文章。说句公道话,梅花须逊让雪花三分晶莹洁白,雪花却输给梅花一段清香。

嫦娥

[唐] 李商隐

云母屏风烛影深，
长河渐落晓星沉。
嫦娥应悔偷灵药，
碧海青天夜夜心。

译文

　　云母屏风上映着幽暗的烛影，银河渐渐疏落，启明星要消失了。嫦娥应该后悔偷吃了灵药，眼望着碧海青天，夜夜心情孤寂。

出塞 sài

[唐] 王昌龄

<table>
<tr><td>qín
秦</td><td>shí
时</td><td>míng
明</td><td>yuè
月</td><td>hàn
汉</td><td>shí
时</td><td>guān
关,</td></tr>
<tr><td>wàn
万</td><td>lǐ
里</td><td>cháng
长</td><td>zhēng
征</td><td>rén
人</td><td>wèi
未</td><td>huán
还。</td></tr>
<tr><td>dàn
但</td><td>shǐ
使</td><td>lóng
龙</td><td>chéng
城</td><td>fēi
飞</td><td>jiàng
将</td><td>zài
在,</td></tr>
<tr><td>bù
不</td><td>jiào
教</td><td>hú
胡</td><td>mǎ
马</td><td>dù
渡</td><td>yīn
阴</td><td>shān
山。</td></tr>
</table>

译文

　　依旧是秦时的明月汉时的边关，征战长久延续万里征夫不回还。倘若龙城的飞将李广而今健在，绝不许匈奴南下牧马度过阴山。

凉州词

[唐] 王翰hàn

pú táo měi jiǔ yè guāng bēi
葡 萄 美 酒 夜 光 杯，

yù yǐn pí pá mǎ shàng cuī
欲 饮 琵 琶 马 上 催。

zuì wò shā chǎng jūn mò xiào
醉 卧 沙 场 君 莫 笑，

gǔ lái zhēng zhàn jǐ rén huí
古 来 征 战 几 人 回？

译文 ·········

　　新酿成的葡萄美酒，盛满夜光杯；正想开怀畅饮，马上琵琶声频催。即使醉倒沙场，请诸君不要见笑；自古男儿出征，有几人活着归回？

夏日绝句

[宋] 李清照

生当作人杰，
死亦为鬼雄。
至今思项羽，
不肯过江东。

译文

生时应当做人中豪杰，死后也要做鬼中英雄。到今天人们还在怀念项羽，因为他不肯苟且偷生，退回江东。

别董大

[唐] 高适

千里黄云白日曛，
北风吹雁雪纷纷。
莫愁前路无知己，
天下谁人不识君。

译文

　　黄昏的落日使千里浮云变得暗黄；北风劲吹，大雪纷纷，雁儿南飞。不要担心前方的路上没有知己，普天之下还有谁不知道您呢？

四时田园杂兴 xìng (其二十五)

[宋] 范成大

méi zǐ jīn huáng xìng zǐ féi
梅 子 金 黄 杏 子 肥,

mài huā xuě bái cài huā xī
麦 花 雪 白 菜 花 稀。

rì cháng lí luò wú rén guò
日 长 篱 落 无 人 过,

wéi yǒu qīng tíng jiá dié fēi
惟 有 蜻 蜓 蛱 蝶 飞。

译文 ……………………………………………………

　　初夏正是梅子金黄、杏子肥的时节,麦穗扬着白花,
油菜花差不多落尽正在结籽。夏天日长,篱笆边无人过
往,大家都在田间忙碌,只有蜻蜓和蝴蝶在款款飞舞。

宿新市徐公店

[宋] 杨万里

lí luò shū shū yí jìng shēn
篱 落 疏 疏 一 径 深，

shù tóu huā luò wèi chéng yīn
树 头 花 落 未 成 阴。

ér tóng jí zǒu zhuī huáng dié
儿 童 急 走 追 黄 蝶，

fēi rù cài huā wú chù xún
飞 入 菜 花 无 处 寻。

译文

　　在稀稀落落的篱笆旁，有一条小路伸向远方。小路旁边的树上花已经凋落了，而新叶却刚刚长出，还没有形成树阴。儿童们奔跑着，追捕那翩翩飞舞的黄色蝴蝶。可是蝴蝶飞到黄色的菜花丛中后，孩子们就再也分不清、找不到它们了。

清平乐·村居

[宋] 辛弃疾

máo yán dī xiǎo xī shàng qīng qīng cǎo
茅 檐 低 小, 溪 上 青 青 草。

zuì lǐ wú yīn xiāng mèi hǎo bái fà shuí jiā
醉 里 吴 音 相 媚 好, 白 发 谁 家

wēng ǎo
翁 媪。

dà ér chú dòu xī dōng zhōng ér zhèng
大 儿 锄 豆 溪 东, 中 儿 正

zhī jī lóng zuì xǐ xiǎo ér wú lài xī tóu
织 鸡 笼。 最 喜 小 儿 无 赖, 溪 头

wò bō lián péng
卧 剥 莲 蓬。

译文 ....

　　草屋的茅檐又低又小，溪边
长满了碧绿的小草。含有醉意的
吴地方言，听起来温柔又美好，
那满头白发的老人是谁家的呀？
大儿锄豆溪东，二儿子正忙于编
织鸡笼。最令人喜爱的是无赖的小儿子，他正横卧在溪
头草丛，剥着刚摘下的莲蓬。

卜算子·咏梅

毛泽东

fēng yǔ sòng chūn guī
风 雨 送 春 归,

fēi xuě yíng chūn dào
飞 雪 迎 春 到。

yǐ shì xuán yá bǎi zhàng bīng
已 是 悬 崖 百 丈 冰,

yóu yǒu huā zhī qiào
犹 有 花 枝 俏。

qiào yě bù zhēng chūn
俏 也 不 争 春,

zhǐ bǎ chūn lái bào
只 把 春 来 报。

dài dào shān huā làn màn shí
待 到 山 花 烂 漫 时,

tā zài cóng zhōng xiào
她 在 丛 中 笑。

译文

　　风风雨雨把春天送走了,漫天飞雪又把春天迎来。悬崖已结百丈尖冰,但梅花依然傲雪俏丽竞放。梅花她虽然美丽但不与桃李争艳比美,只是把春天消息来报。等到漫山遍野开满鲜花之时,她却在花丛中笑。

江畔独步寻花

[唐] 杜甫

huáng shī tǎ qián jiāng shuǐ dōng
黄　师　塔　前　江　水　东，

chūn guāng lǎn kùn yǐ wēi fēng
春　光　懒　困　倚　微　风。

táo huā yí cù kāi wú zhǔ
桃　花　一　簇　开　无　主，

kě ài shēn hóng ài qiǎn hóng
可　爱　深　红　爱　浅　红？

译文 ....

　　黄师塔前那一江的碧波春水滚滚向东流，春天给人一种困倦让人想倚着春风小憩的感觉。江畔盛开的那一簇无主的桃花映入眼帘，究竟是爱深红色的还是更爱浅红色的呢？

76

蜂

[唐] 罗隐

不论平地与山尖，
无限风光尽被占。
采得百花成蜜后，
为谁辛苦为谁甜。

译文

　　无论在平原还是在山尖，美丽的春光尽被蜜蜂占。采集百花酿成了蜜以后，不知道为谁辛苦为谁甜？

独坐敬亭山

[唐] 李白

众鸟高飞尽，
孤云独去闲。
相看两不厌，
只有敬亭山。

译文

　　群鸟在高空中飞翔，一会儿就消失了踪迹，片片的云朵悠闲的在空中飘荡。彼此之间怎么看也看不够，大概只有我和眼前的敬亭山了。

芙蓉fúróng楼送辛渐

[唐] 王昌龄

hán yǔ lián jiāng yè rù wú
寒 雨 连 江 夜 入 吴，

píng míng sòng kè chǔ shān gū
平 明 送 客 楚 山 孤。

luò yáng qīn yǒu rú xiāng wèn
洛 阳 亲 友 如 相 问，

yī piàn bīng xīn zài yù hú
一 片 冰 心 在 玉 壶。

译文

冷雨连夜洒遍吴地江天，清晨送走你后，独自面对着楚山离愁无限！到了洛阳，如果洛阳亲友问起我来，就请转告他们，我的心依然像玉壶里的冰那样晶莹纯洁！

79

晶莹纯洁塞下曲

[唐] 卢纶

yuè hēi yàn fēi gāo
月 黑 雁 飞 高，

chán yú yè dùn táo
单 于 夜 遁 逃。

yù jiāng qīng qí zhú
欲 将 轻 骑 逐，

dà xuě mǎn gōng dāo
大 雪 满 弓 刀。

译文

暗淡的月夜里，一群大雁惊叫着高飞而起，暴露了单于的军队想要趁夜色潜逃的阴谋。将军率领轻骑兵一路追杀，顾不得漫天的大雪已落满弓和刀。

墨梅

〔元〕王冕 miǎn

wú jiā xǐ yàn chí tóu shù
吾 家 洗 砚 池 头 树,

gè gè huā kāi dàn mò hén
个 个 花 开 淡 墨 痕。

bú yào rén kuā hǎo yán sè
不 要 人 夸 好 颜 色,

zhǐ liú qīng qì mǎn qián kūn
只 留 清 气 满 乾 坤。

译文

　　我家洗砚池边有一棵梅树，朵朵开放的梅花都显出淡淡的墨痕。不需要别人夸它的颜色好看，只需要梅花的清香之气弥漫在天地之间。

蝉 chán

[唐] 虞yú世南

垂chuí 緌ruí 饮yǐn 清qīng 露lù，

流liú 响xiǎng 出chū 疏shū 桐tóng。

居jū 高gāo 声shēng 自zì 远yuǎn，

非fēi 是shì 藉jiè 秋qiū 风fēng。

译文 ···

　　蝉垂下像帽带一样的触角喝的是清冽的露水，悦耳的叫声自梧桐林向外远播。因为它站得高，声音自然传得远，并不是借了秋风。

乞巧 qiǎo

[唐] 林杰

七夕今宵看碧霄，
牵牛织女渡河桥。
家家乞巧望秋月，
穿尽红丝几万条。

译文 ....

　　七夕佳节，人们纷纷抬头仰望浩瀚天空，就好像能看见牛郎织女渡过银河在鹊桥上相会。家家户户都在一边观赏秋月，一边对月穿针，穿过的红线都有几万条了。

示儿

[宋] 陆游

sǐ qù yuán zhī wàn shì kōng
死 去 元 知 万 事 空,

dàn bēi bú jiàn jiǔ zhōu tóng
但 悲 不 见 九 州 同。

wáng shī běi dìng zhōng yuán rì
王 师 北 定 中 原 日,

jiā jì wú wàng gào nǎi wēng
家 祭 无 忘 告 乃 翁。

译文 ....

　　我本来知道，当我死后，人间的一切就都和我无关了；唯一使我痛心的，就是我没能亲眼看到祖国的统一。因此，当大宋军队收复了中原失地的那一天到来之时，你们举行家祭，千万别忘把这好消息告诉我！

题临安邸_{dǐ}

[宋] 林升

山外青山楼外楼，

西湖歌舞几时休。

暖风熏得游人醉，

直把杭州作汴州。

译文

　　远处青山叠翠，近处楼台重重，西湖的歌舞何时才
会停止？暖洋洋的香风吹得游人如醉，简直是把杭州当
成了那汴州。

己亥杂诗

[清] 龚自珍

九州生气恃风雷，

万马齐喑究可哀。

我劝天公重抖擞，

不拘一格降人才。

译文

　　九州内生机勃勃要有风雷激荡，万马齐喑的沉闷局面实在可哀。我劝告天公要重新把精神振作，打破一切清规戒律去选用人才。

山居秋暝míng

[唐] 王维

空山新雨后，天气晚来秋。

明月松间照，清泉石上流。

竹喧归浣女，莲动下渔舟。

随意春芳歇，王孙自可留。

译文

　　空旷的群山沐浴了一场新雨，夜晚降临使人感到已是初秋。皎皎明月从松隙洒下清光，清清泉水在山石上淙淙淌流。竹林喧响知是洗衣姑娘归来，莲叶轻摇想是上游荡下轻舟。春日的芳菲不妨任随它消歇，秋天的山中王孙自可以久留。

枫桥夜泊

[唐] 张继

yuè luò wū tí shuāng mǎn tiān
月 落 乌 啼 霜 满 天，

jiāng fēng yú huǒ duì chóu mián
江 枫 渔 火 对 愁 眠。

gū sū chéng wài hán shān sì
姑 苏 城 外 寒 山 寺，

yè bàn zhōng shēng dào kè chuán
夜 半 钟 声 到 客 船。

译文 ··

　　月亮已落下乌鸦啼叫寒气满天，对着江边枫树和渔火忧愁而眠。姑苏城外那寂寞清净寒山古寺，半夜里敲钟的声音传到了我乘坐的客船。

长相思

[清] 纳兰性德

shān yì chéng shuǐ yì chéng shēn xiàng yú
山 一 程，水 一 程，身 向 榆

guān nà pàn xíng yè shēn qiān zhàng dēng
关 那 畔 行，夜 深 千 帐 灯。

fēng yì gēng xuě yì gēng guō suì xiāng
风 一 更，雪 一 更，聒 碎 乡

xīn mèng bù chéng gù yuán wú cǐ shēng
心 梦 不 成，故 园 无 此 声。

译文 ....

　　将士们不辞辛苦地跋山涉水，马不停蹄地向着山海关进发。夜已经深了，千万个帐篷里都点起了灯。外面正刮着风、下着雪，惊醒了睡梦中的将士们，勾起了他们对故乡的思念，故乡是多么的温暖宁静呀，哪有这般狂风呼啸、雪花乱舞的聒噪之声。

89

渔歌子

[唐] 张志和

xī sài shān qián bái lù fēi
西 塞 山 前 白 鹭 飞,

táo huā liú shuǐ guì yú féi
桃 花 流 水 鳜 鱼 肥。

qīng ruò lì lǜ suō yī
青 箬 笠, 绿 蓑 衣,

xié fēng xì yǔ bù xū guī
斜 风 细 雨 不 须 归。

译文

　　西塞山前白鹭在自由地翱翔,江水中,肥美的鳜鱼欢快地游着,漂浮在水中的桃花是那样的鲜艳而饱满。江岸一位老翁戴着青色的箬笠,披着绿色的蓑衣,冒着斜风细雨,悠然自得地垂钓,他被美丽的春景迷住了,连下了雨都不回家。

观书有感(其一)

[宋] 朱熹xī

半_{bàn} 亩_{mǔ} 方_{fāng} 塘_{táng} 一_{yí} 鉴_{jiàn} 开_{kāi}，

天_{tiān} 光_{guāng} 云_{yún} 影_{yǐng} 共_{gòng} 徘_{pái} 徊_{huái}。

问_{wèn} 渠_{qú} 那_{nǎ} 得_{dé} 清_{qīng} 如_{rú} 许_{xǔ}，

为_{wèi} 有_{yǒu} 源_{yuán} 头_{tóu} 活_{huó} 水_{shuǐ} 来_{lái}。

译文

　　半亩大的方形池塘像一面镜子一样展现在眼前，天空的光彩和浮云的影子都在镜子中一起移动。要问为何那方塘的水会这样清澈呢？是因为有那永不枯竭的源头为它源源不断地输送活水啊。

观书有感(其二)

[宋] 朱熹xī

昨夜江边春水生，
蒙冲巨舰一毛轻。
向来枉费推移力，
此日中流自在行。

译文

昨天夜里江边涨起了阵阵春潮，巨大的舰船轻盈得如同一片羽毛。向来行驶要白费很多推拉力气，今天却能在江水中央自在地漂流。

四时田园杂兴(其三十一)

[宋] 范成大

昼出耘田夜绩麻，

村庄儿女各当家。

童孙未解供耕织，

也傍桑阴学种瓜。

译文 ....

　　白天下田去除草，晚上搓麻线，村庄里的男女都不得闲，各司其事。孩子们不会耕也不会织，却也不闲着，在茂盛成阴的桑树底下学种瓜。

稚子弄冰

[宋] 杨万里

稚子金盆脱晓冰，
彩丝穿取当银铮。
敲成玉磬穿林响，
忽作玻璃碎地声。

译文

　　儿童早上起来，从结有坚冰的铜盆里剜冰，用彩丝穿起来当铮来敲。敲出的声音像玉磬一般穿越树林，突然冰落在地上发出玻璃一样的碎裂声。

村晚

[宋] 雷震

cǎo mǎn chí táng shuǐ mǎn bēi
草　满　池　塘　水　满　陂，

shān xián luò rì jìn hán yī
山　衔　落　日　浸　寒　漪。

mù tóng guī qù héng niú bèi
牧　童　归　去　横　牛　背，

duǎn dí wú qiāng xìn kǒu chuī
短　笛　无　腔　信　口　吹。

译文 ....

　　绿草长满了池塘，池塘里的水呢，几乎溢出了塘岸。远远的青山，衔着彤红的落日，一起把影子倒映在水中，闪动着粼粼波光。那小牧童横骑在牛背上，缓缓地把家还；拿着一支短笛，随口吹着，也没有固定的声腔。

95

游子吟

[唐] 孟郊

cí mǔ shǒu zhōng xiàn yóu zǐ shēn shàng yī
慈 母 手 中 线，游 子 身 上 衣。

lín xíng mì mì féng yì kǒng chí chí guī
临 行 密 密 缝，意 恐 迟 迟 归。

shuí yán cùn cǎo xīn bào dé sān chūn huī
谁 言 寸 草 心，报 得 三 春 晖。

译文

　　慈母用手中的针线，为远行的儿子赶制身上的衣衫。临行前一针针密密地缝缀，怕儿子回来得晚衣服破损。有谁敢说，子女像小草那样微弱的孝心，能够报答得了像春晖普泽的慈母恩情？

鸟鸣涧

[唐] 王维

rén xián guì huā luò
人 闲 桂 花 落，

yè jìng chūn shān kōng
夜 静 春 山 空。

yuè chū jīng shān niǎo
月 出 惊 山 鸟，

shí míng chūn jiàn zhōng
时 鸣 春 涧 中。

译文 ....

　　寂静的山谷中，只有春桂花在无声地飘落，宁静的夜色中春山一片空寂。月亮升起月光照耀大地时惊动了山中栖鸟，在春天的溪涧里不时地鸣叫。

从军行

[唐] 王昌龄

青海长云暗雪山，
孤城遥望玉门关。
黄沙百战穿金甲，
不破楼兰终不还！

译文

　　青海湖上乌云密布，连绵雪山一片黯淡。边塞古城，玉门雄关，远隔千里，遥遥相望。守边将士，身经百战，铠甲磨穿，壮志不灭，不打败进犯之敌，誓不返回家乡。

秋夜将晓出篱门迎凉有感

[宋] 陆游

三万里河东入海，

五千仞岳上摩天。

遗民泪尽胡尘里，

南望王师又一年。

译文 ....

　　三万里长的黄河奔腾向东流入大海。五千仞高的华山耸入云霄上摩青天。中原人民在胡人压迫下眼泪已流尽。他们盼望王师北伐盼了一年又一年。

闻官军收河南河北

[唐] 杜甫

剑外忽传收蓟北，

初闻涕泪满衣裳。

却看妻子愁何在，

漫卷诗书喜欲狂。

白日放歌须纵酒，

青春作伴好还乡。

即从巴峡穿巫峡，

便下襄阳向洛阳。

译文

　　剑外忽然传来收蓟北的消息，刚刚听到时涕泪满衣裳。回头看妻子和孩子哪还有一点的忧伤，胡乱地卷起诗书欣喜若狂。日头照耀放声高歌痛饮美酒，趁着明媚春光与妻儿一同返回家乡。心想着就从巴峡穿过巫峡，经过了襄阳后又直奔洛阳。

凉州词

[唐] 王之涣

huáng hé yuǎn shàng bái yún jiān
黄 河 远 上 白 云 间,

yí piàn gū chéng wàn rèn shān
一 片 孤 城 万 仞 山。

qiāng dí hé xū yuàn yáng liǔ
羌 笛 何 须 怨 杨 柳,

chūn fēng bú dù yù mén guān
春 风 不 度 玉 门 关。

译文 ....

　　黄河好像从白云间奔流而来,玉门关孤独地耸峙在高山中。何必用羌笛吹起那哀怨的《杨柳曲》去埋怨春光迟迟不来呢,春风根本吹不到玉门关外。

黄鹤楼送孟浩然之广陵

[唐] 李白

故人西辞黄鹤楼，
烟花三月下扬州。
孤帆远影碧空尽，
唯见长江天际流。

译文

　　老朋友在黄鹤楼与我辞别，在这柳絮如烟，繁花似锦的阳春三月去扬州远游。友人的孤船帆影渐渐地远去，消失在碧空的尽头，只看见长江浩浩荡荡地向天边流去。

乡村四月

[宋] 翁卷juàn

lǜ biàn shān yuán bái mǎn chuān
绿 遍 山 原 白 满 川,

zǐ guī shēng lǐ yǔ rú yān
子 规 声 里 雨 如 烟。

xiāng cūn sì yuè xián rén shǎo
乡 村 四 月 闲 人 少,

cái liǎo cán sāng yòu chā tián
才 了 蚕 桑 又 插 田。

译文

　　坡田野间草木茂盛,稻田里的水色与天光相辉映。天空中烟雨蒙蒙,杜鹃声声啼叫,大地一片欣欣向荣的景象。四月到了,没有人闲着,刚刚结束了蚕桑的事又要插秧了。

宿建德江

[唐] 孟浩然

移舟泊烟渚，
日暮客愁新。
野旷天低树，
江清月近人。

译文

　　把小船停靠在烟雾迷蒙的小洲，日暮时分新愁又涌上客子心头。旷野无边无际远天比树还低沉，江水清清明月来和人相亲相近。

六月二十七日望湖楼醉书

[宋] 苏轼

hēi yún fān mò wèi zhē shān
黑 云 翻 墨 未 遮 山，

bái yǔ tiào zhū luàn rù chuán
白 雨 跳 珠 乱 入 船。

juǎn dì fēng lái hū chuī sàn
卷 地 风 来 忽 吹 散，

wàng hú lóu xià shuǐ rú tiān
望 湖 楼 下 水 如 天。

译文

　　乌云上涌，就如墨汁泼下，却又在天边露出一段山峦，大雨激起的水花如白珠碎石，飞溅入船。忽然间狂风卷地而来，吹散了满天的乌云，而那西湖的湖水碧波如镜，水天一色。

西江月·夜行黄沙道中

[宋] 辛弃疾

míng yuè bié zhī jīng què qīng fēng
明 月 别 枝 惊 鹊，清 风

bàn yè míng chán dào huā xiāng lǐ shuō fēng
半 夜 鸣 蝉。稻 花 香 里 说 丰

nián tīng qǔ wā shēng yí piàn
年，听 取 蛙 声 一 片。

qī bā gè xīng tiān wài liǎng sān
七 八 个 星 天 外，两 三

diǎn yǔ shān qián jiù shí máo diàn shè lín
点 雨 山 前。旧 时 茅 店 社 林

biān lù zhuǎn xī qiáo hū xiàn
边，路 转 溪 桥 忽 见。

译文

天边的明月升上了树梢，惊飞了栖息在枝头的喜鹊。清凉的晚风仿佛传来了远处的蝉叫声。在稻花的香气里，人们谈论着丰

收的年景，耳边传来一阵阵青蛙的叫声，好像在说着丰收年。天空中轻云漂浮，闪烁的星星时隐时现，山前下起了淅淅沥沥的小雨，从前那熟悉的茅店小屋依然坐落在土地庙附近的树林中。拐了个弯，茅店忽然出现在眼前。

过故人庄

[唐] 孟浩然

gù rén jù jī shǔ yāo wǒ zhì tián jiā
故 人 具 鸡 黍，邀 我 至 田 家。

lù shù cūn biān hé qīng shān guō wài xié
绿 树 村 边 合，青 山 郭 外 斜。

kāi xuān miàn cháng pǔ bǎ jiǔ huà sāng má
开 轩 面 场 圃，把 酒 话 桑 麻。

dài dào chóng yáng rì huán lái jiù jú huā
待 到 重 阳 日，还 来 就 菊 花。

译文 ···

　　老友备好了黄米饭和烧鸡，邀请我到他好客的农家。村子外边是一圈绿树环抱，苍青的山峦在城外横卧。推开窗户迎面是田地场圃，手举酒杯闲谈庄稼情况。等到九月重阳节的那一天，再请君来这里观赏菊花。

七律·长征

毛泽东

红军不怕远征难，
万水千山只等闲。
五岭逶迤腾细浪，
乌蒙磅礴走泥丸。
金沙水拍云崖暖，
大渡桥横铁索寒。
更喜岷山千里雪，
三军过后尽开颜。

译文

　　红军不怕万里长征路上的一切艰难困苦，把千山万水都看得极为平常。绵延不断的五岭，在红军看来只不过是微波细浪在起伏，而气势雄伟的乌蒙山，在红军眼里不过像脚下的泥丸。金沙江浊浪滔天，拍击着高耸入云的峭壁悬崖，热气腾腾。大渡河险桥横架，晃动着凌空高悬的根根铁索，寒意阵阵。更加令人喜悦的是踏上千里积雪的岷山，红军翻越过去以后个个笑逐颜开。

菩萨蛮·大柏地

毛泽东

赤橙黄绿青蓝紫，

谁持彩练当空舞？

雨后复斜阳，关山阵阵苍。

当年鏖战急，

弹洞前村壁，

装点此关山，

今朝更好看。

译文

　　天上挂着七色的彩虹，而又是谁手持着彩虹在空中翩翩起舞？ 黄昏雨之后又见夕阳，苍翠的群山仿如层层军阵。当年这里曾经进行了一次激烈的苦战，子弹穿透了前面村子的墙壁。那前村墙壁上留下的累累弹痕，把这里装扮得更加美丽。

春日

[宋] 朱熹

胜 日 寻 芳 泗 水 滨，
shèng rì xún fāng sì shuǐ bīn

无 边 光 景 一 时 新。
wú biān guāng jǐng yì shí xīn

等 闲 识 得 东 风 面，
děng xián shí dé dōng fēng miàn

万 紫 千 红 总 是 春。
wàn zǐ qiān hóng zǒng shì chūn

译文 ....

　　风和日丽游春在泗水之滨，无边无际的风光焕然一新。谁都可以看出春天的面貌，春风吹得百花开放、万紫千红，到处都是春天的景致。

回乡偶书

[唐] 贺知章

少小离家老大回，

乡音无改鬓毛衰。

儿童相见不相识，

笑问客从何处来。

译文

　　我在年少时离开家乡，到了迟暮之年才回来。我的乡音虽未改变，但鬓角的毛发却已经疏落。儿童们看见我，没有一个认识的。他们笑着询问：这客人是从哪里来的呀？

浪淘沙(其一)

[唐] 刘禹锡

jiǔ qū huáng hé wàn lǐ shā
九 曲 黄 河 万 里 沙,

làng táo fēng bǒ zì tiān yá
浪 淘 风 簸 自 天 涯。

rú jīn zhí shàng yín hé qù
如 今 直 上 银 河 去,

tóng dào qiān niú zhī nǚ jiā
同 到 牵 牛 织 女 家。

译文

　　万里黄河弯弯曲曲挟带着泥沙,波涛滚滚如巨风掀簸来自天涯。到今天我们可以沿着黄河径直到银河,我们一起去寻访牛郎织女的家。

江南春

[唐] 杜牧

千里莺啼绿映红，
水村山郭酒旗风。
南朝四百八十寺，
多少楼台烟雨中。

译文

辽阔的江南，到处莺歌燕舞，绿树红花相映，水边村寨山麓城郭处处酒旗飘动。南朝遗留下的许多座古寺，如今有多少笼罩在这蒙胧烟雨之中。

书湖阴先生壁

[宋] 王安石

máo yán cháng sǎo jìng wú tái
茅 檐 长 扫 净 无 苔，

huā mù chéng qí shǒu zì zāi
花 木 成 畦 手 自 栽。

yì shuǐ hù tián jiāng lǜ rào
一 水 护 田 将 绿 绕，

liǎng shān pái tà sòng qīng lái
两 山 排 闼 送 青 来。

译文 ....

　　茅草房庭院因经常打扫，所以洁净得没有一丝青苔。花草树木成行满畦，都是主人亲手栽种。庭院外一条小河保护着农田，把绿色的田地环绕。两座青山像推开的两扇门送来一片翠绿。

寒食

[唐] 韩翃hóng

chūn chéng wú chù bù fēi huā
春 城 无 处 不 飞 花,

hán shí dōng fēng yù liǔ xié
寒 食 东 风 御 柳 斜。

rì mù hàn gōng chuán là zhú
日 暮 汉 宫 传 蜡 烛,

qīng yān sàn rù wǔ hóu jiā
轻 烟 散 入 五 侯 家。

译文

　　暮春长安城处处柳絮飞舞、落红无数,寒食节东风吹拂着皇城中的柳树。傍晚汉宫传送蜡烛赏赐王侯近臣,袅袅的轻烟飘散到天子宠臣的家中。

迢迢牵牛星

[汉] 佚名

迢迢牵牛星，皎皎河汉女。

纤纤擢素手，札札弄机杼。

终日不成章，泣涕零如雨；

河汉清且浅，相去复几许！

盈盈一水间，脉脉不得语。

译文

看那遥远的牵牛星，明亮的织女星。(织女)伸出细长而白皙的手，摆弄着织机(织着布)，发出札札的织布声。一整天也没织成一段布，哭泣的眼

泪如同下雨般零落。这银河看起来又清又浅，他俩相离也没有多远。虽然只隔一条清澈的河流，但他们只能含情凝视，却无法用语言交谈。

十五夜望月

[唐] 王建

中庭地白树栖鸦，
冷露无声湿桂花。
今夜月明人尽望，
不知秋思落谁家。

译文

　　庭院地面雪白树上栖息着鹊鸦，秋露点点无声打湿了院中桂花。今夜明月当空世间人人都仰望，不知道这秋日情思可落到谁家。

长歌行

汉乐府

青青园中葵，朝露待日晞。
qīng qīng yuán zhōng kuí，zhāo lù dài rì xī

阳春布德泽，万物生光辉。
yáng chūn bù dé zé，wàn wù shēng guāng huī

常恐秋节至，焜黄华叶衰。
cháng kǒng qiū jié zhì，kūn huáng huā yè shuāi

百川东到海，何时复西归？
bǎi chuān dōng dào hǎi，hé shí fù xī guī

少壮不努力，老大徒伤悲。
shào zhuàng bù nǔ lì，lǎo dà tú shāng bēi

译文

园中的葵菜都郁郁葱葱，晶莹的朝露阳光下飞升。春天把希望洒满了大地，万物都呈现出一派繁荣。常恐那肃杀的秋天来到，树叶儿黄落百草也凋零。百川奔腾着东流到大海，何时才能重新返回西境？少年人如果不及时努力，到老来只能是悔恨一生。

马诗

[唐] 李贺

dà mò shā rú xuě
大 漠 沙 如 雪,

yān shān yuè sì gōu
燕 山 月 似 钩。

hé dāng jīn luò nǎo
何 当 金 络 脑,

kuài zǒu tà qīng qiū
快 走 踏 清 秋。

译文

平沙万里,在月光下像铺上一层白皑皑的霜雪。连绵的燕山山岭上,一弯明月当空,如弯钩一般。何时才能受到皇帝赏识,给我这匹骏马佩戴上黄金打造的辔头,让我在秋天的战场上驰骋,立下功劳呢?

石灰吟

[明] 于谦

qiān chuí wàn záo chū shēn shān
千 锤 万 凿 出 深 山，

liè huǒ fén shāo ruò děng xián
烈 火 焚 烧 若 等 闲。

fěn gǔ suì shēn hún bú pà
粉 骨 碎 身 浑 不 怕，

yào liú qīng bái zài rén jiān
要 留 清 白 在 人 间。

译文

　　石灰石只有经过千万次锤打才能从深山里开采出来，它把熊熊烈火的焚烧当作很平常的一件事。即使粉身碎骨也毫不惧怕，甘愿把一身清白留在人世间。

竹石

[清] 郑燮xiè

yǎo dìng qīng shān bú fàng sōng
咬 定 青 山 不 放 松，

lì gēn yuán zài pò yán zhōng
立 根 原 在 破 岩 中。

qiān mó wàn jī hái jiān jìn
千 磨 万 击 还 坚 劲，

rèn ěr dōng xī nán běi fēng
任 尔 东 西 南 北 风。

译文

　　竹子抓住青山一点也不放松，它的根牢牢地扎在岩石缝中。经历成千上万次的折磨和打击，它依然那么坚强，不管是酷暑的东南风，还是严冬的西北风，它都能经受得住，还会依然坚韧挺拔。

采薇(节选)

佚名

xī wǒ wǎng yǐ yáng liǔ yī yī
昔 我 往 矣, 杨 柳 依 依。

jīn wǒ lái sī yù xuě fēi fēi
今 我 来 思, 雨 雪 霏 霏。

xíng dào chí chí zài kě zài jī
行 道 迟 迟, 载 渴 载 饥。

wǒ xīn shāng bēi mò zhī wǒ āi
我 心 伤 悲, 莫 知 我 哀!

译文

　　回想当初出征时，杨柳依依随风吹。如今回来路途中，大雪纷纷满天飞。道路泥泞难行走，又饥又渴真劳累。满腔伤感满腔悲，我的哀痛谁体会！

送元二使安西

[唐] 王维

wèi chéng zhāo yǔ yì qīng chén
渭 城 朝 雨 浥 轻 尘，

kè shè qīng qīng liǔ sè xīn
客 舍 青 青 柳 色 新。

quàn jūn gèng jìn yì bēi jiǔ
劝 君 更 尽 一 杯 酒，

xī chū yáng guān wú gù rén
西 出 阳 关 无 故 人。

译文 ....

　　清晨的微雨湿润了渭城地面的灰尘，空气清新，旅舍更加青翠。真诚地奉劝我的朋友再干一杯美酒，向西出了阳关就难以遇到故旧亲人。

春夜喜雨

[唐] 杜甫

好雨知时节，当春乃发生。

随风潜入夜，润物细无声。

野径云俱黑，江船火独明，

晓看红湿处，花重锦官城。

译文

　　好雨知道下雨的节气，正是在春天植物萌发生长的时候。随着春风在夜里悄悄落下，无声地滋润着春天万物。雨夜中田间小路黑茫茫一片，只有江船上的灯火独自闪烁。天刚亮时看着那雨水润湿的花丛，娇美红艳，整个锦官城变成了繁花盛开的世界。

早春呈水部张十八员外

[唐] 韩愈

天街小雨润如酥，
草色遥看近却无。
最是一年春好处，
绝胜烟柳满皇都。

译文

　　京城的街道上空丝雨纷纷，雨丝就像乳汁般细密而滋润，小草钻出地面，远望草色依稀连成一片，近看时却显得稀疏零星。一年之中最美的就是这早春的景色，它远胜过了绿杨满城的暮春。

江上渔者

[宋] 范仲淹

jiāng shàng wǎng lái rén
江 上 往 来 人，

dàn ài lú yú měi
但 爱 鲈 鱼 美。

jūn kàn yí yè zhōu
君 看 一 叶 舟，

chū mò fēng bō lǐ
出 没 风 波 里。

译文

　　江上来来往往的人只喜爱鲈鱼的味道鲜美。看看那些可怜的打鱼人吧，正驾着小船在大风大浪里上下颠簸，飘摇不定。

泊船瓜洲

[宋] 王安石

jīng kǒu guā zhōu yì shuǐ jiān
京 口 瓜 洲 一 水 间,

zhōng shān zhǐ gé shù chóng shān
钟 山 只 隔 数 重 山。

chūn fēng yòu lǜ jiāng nán àn
春 风 又 绿 江 南 岸,

míng yuè hé shí zhào wǒ huán
明 月 何 时 照 我 还。

译文 ··

　　京口和瓜洲不过一水之遥,钟山也只隔着几重青山。温柔的春风又吹绿了大江南岸,天上的明月呀,你什么时候才能够照着我回家呢?

游园不值

[宋] 叶绍翁

yīng lián jī chǐ yìn cāng tái
应 怜 屐 齿 印 苍 苔,

xiǎo kòu cái fēi jiǔ bù kāi
小 扣 柴 扉 久 不 开。

chūn sè mǎn yuán guān bú zhù
春 色 满 园 关 不 住,

yì zhī hóng xìng chū qiáng lái
一 枝 红 杏 出 墙 来。

译文

　　也许是园主担心我的木屐踩坏他那爱惜的青苔,轻轻地敲柴门,久久没有人来开。可是这满园的春色毕竟是关不住的,你看,那儿有一枝粉红色的杏花伸出墙头来。

卜算子·送鲍浩然之浙东

[宋] 王观

水是眼波横，
山是眉峰聚。
欲问行人去那边，
眉眼盈盈处。
才始送春归，
又送君归去。
若到江南赶上春，
千万和春住。

译文

　　水像美人流动的眼波，山如美
人蹙起的眉毛。想问行人去哪里？
到山水交汇的地方。刚送走了春
天，又要送你回去。假如你到江南，
还能赶上春天的话，千万要把春天的景色留住。

浣溪沙

[宋] 苏轼

游蕲水清泉寺，寺临兰溪，溪水西流。

山下兰芽短浸溪，松间沙路净无泥。萧萧暮雨子规啼。谁道人生无再少？门前流水尚能西！休将白发唱黄鸡。

译文

　　山脚下溪边的兰草才抽出嫩芽，浸泡在溪水之中。松间的沙石小路经过春雨的冲刷，洁净无泥。时值日暮，松林间的布谷鸟在潇潇细雨中啼叫。谁说人老不会再回年少时光呢？你看看，那门前的流水尚能向西奔流呢！所以，不要在老年感叹时光流逝。

清平乐

[宋] 黄庭坚

chūn guī hé chù? jì mò
春 归 何 处? 寂 寞

wú xíng lù。ruò yǒu rén zhī chūn
无 行 路。若 有 人 知 春

qù chù,huàn qǔ guī lái tóng zhù。
去 处,唤 取 归 来 同 住。

chūn wú zōng jì shuí zhī?
春 无 踪 迹 谁 知?

chú fēi wèn qǔ huáng lí bǎi zhuàn
除 非 问 取 黄 鹂。百 啭

wú rén néng jiě,yīn fēng fēi guò
无 人 能 解,因 风 飞 过

qiáng wēi
蔷 薇。

译文

春天回到了哪里?找不到它的脚印,四处一片沉寂,如果有人知道春天的消息,喊它回来同我们住在一起。谁也不知道春天的踪迹,要想知道,只有问一问黄鹂。那黄鹂千百遍地宛转啼叫,又有谁能懂得它的意思?看吧,黄鹂鸟趁着风势,飞过了盛开的蔷薇。

十五从军征

汉乐府

十五从军征，八十始得归。

道逢乡里人：家中有阿(ā)谁？

遥看是君家，松柏冢(zhǒng)累累。

兔从狗窦(dòu)入，雉(zhì)从梁上飞。

中庭生旅谷，井上生旅葵(kuí)。

舂(chōng)谷持作饭，采葵持作羹(gēng)。

羹饭一时熟，不知贻(yí)阿谁！

出门东向看，泪落沾我衣。

　　译文刚满十五岁的少年就出去打仗，到了八十岁才回来。路遇一个乡下的邻居，问："我家里还有什么人？"你家那个地方，现在已是松树柏树林中的一片坟墓。走到家门前看见野兔从狗洞里出进，野鸡在屋脊上飞来飞去。院子里长着野生的谷子，野生的葵菜环绕着井台。用捣掉壳的野谷来做饭，摘下葵叶来煮汤。汤和饭一会儿都做好了，却不知赠送给谁吃。走出大门向着东方张望，老泪纵横，洒落在征衣上。

庭中有奇树

[汉] 佚名

庭中有奇树,绿叶发华滋。

攀条折其荣,将以遗所思。

馨香盈怀袖,路远莫致之。

此物何足贵?但感别经时。

译文

　　庭院里一株珍稀的树,满树绿叶的衬托下开了茂密的花朵,显得格外生气勃勃,春意盎然。我攀着枝条,折下了最好看的一串树花,要把它赠  送给日夜思念的亲人。花的香气染满了我的衣襟和衣袖,天遥地远,花不可能送到亲人的手中。只是痴痴地手执著花儿,久久地站在树下,听任香气充满怀袖而无可奈何。这花有什么珍贵呢,只是因为别离太久,想借著花儿表达怀念之情罢了。

134

观沧海

[东汉] 曹操

东临碣石，以观沧海。

水何澹澹，山岛竦峙。

树木丛生，百草丰茂。

秋风萧瑟，洪波涌起。

日月之行，若出其中。

星汉灿烂，若出其里。

幸甚至哉，歌以咏志。

译文

　　向东进发登上碣石山，得以观赏大海的奇景。海水波涛激荡，海中山岛罗列，高耸挺立。周围是葱茏的树木，丰茂的花草，萧瑟的风声传来了，草木动摇，海上掀起巨浪，在翻卷，在呼啸，似要将宇宙吞没。日月的升降起落，好像出自大海的胸中；银河里的灿烂群星，也像从大海的怀抱中涌现出来的。啊，庆幸得很，美好无比，让我们尽情歌唱，畅抒心中的情怀。

龟虽寿

[东汉] 曹操

神龟虽寿,犹有竟时。

腾蛇乘雾,终为土灰。

老骥伏枥,志在千里。

烈士暮年,壮心不已。

盈缩之期,不但在天。

养怡之福,可得永年。

幸甚至哉,歌以咏志。

译文

　　神龟虽然十分长寿,但生命终究会有结束的一天;腾蛇尽管能腾云乘雾飞行,但终究也会死亡化为土灰。年老的千里马虽然伏在马槽旁,雄心壮志仍是驰骋千里。壮志凌云的人士即便到了晚年,奋发思进的心也永不止息。人寿命长短,不只是由上天决定。调养好身心,就定可以益寿延年。真是幸运极了,用歌唱来表达自己的思想感情吧。

赠从弟

[东汉] 刘祯

亭亭山上松，瑟瑟谷中风。

风声一何盛，松枝一何劲!

冰霜正惨凄，终岁常端正。

岂不罹凝寒，松柏有本性!

译文 ....

　　高山上挺拔耸立的松树，顶着山谷间瑟瑟呼啸的狂风。风声是如此的猛烈，而松枝是如此的刚劲!任它满天冰霜惨惨凄凄，松树的腰杆终年端端正正。难道是松树没有遭遇凝重的寒意? 不，是松柏天生有着耐寒的本性!

七步诗

[三国·魏] 曹植

煮豆持作羹，

漉菽以为汁。
lù shū

萁在釜下燃，

豆在釜中泣。

本自同根生，

相煎何太急？

译文

　　煮豆来做豆羹，想把豆子的残渣过滤出去，留下豆汁来作羹。豆萁在锅底下燃烧，豆子在锅里面哭泣。和豆萁本来是同一条根上生长出来的，豆萁怎能这样急迫地煎熬豆子呢？

归园田居

[东晋] 陶渊明

种豆南山下，草盛豆苗稀。

晨兴理荒秽，带月荷锄归。

道狭草木长，夕露沾我衣。

衣沾不足惜，但使愿无违。

译文

  我在南山下种植豆子，地里野草茂盛豆苗豌稀。清上早起下地铲除杂草，夜幕降披月光扛锄归去。狭窄的山径草木丛生，夜露沾湿了我的衣。衣衫被沾湿并不可惜，只希望不违背我归耕田园的心意。

饮酒

[东晋] 陶渊明

结庐在人境，而无车马喧。

问君何能尔？心远地自偏。

采菊东篱下，悠然见南山。

山气日夕佳，飞鸟相与还。

此中有真意，欲辨已忘言。

译文 ···

　　居住在人世间，却没有车马的喧嚣。问我为何能如此？只要心志高远，自然就会觉得所处地方僻静了。在东篱之下采摘菊花，悠然间，那远处的南山映入眼帘。山中的气息与  傍晚的景色十分好，有飞鸟，结着伴儿归来。这里面蕴含着人生的真正意义，想要辨识，却不知怎样表达。

诏问山中何所有赋诗以答

[南朝] 陶宏景

山 中 何 所 有,

岭 上 多 白 云。

只 可 自 怡 悦,

不 堪 持 赠 君。

译文 ··

　　你问我这山中有什么,我答曰:只有一山谷的白云。每天面对着白云满心欢喜,快乐自足,但是却不能赠予你分毫。

141

山中杂诗

[南朝] 吴均

山 际 见 来 烟，

竹 中 窥 落 日。

鸟 向 檐 上 飞，

云 从 窗 里 出。

译文

　　山与天相接的地方缭绕着阵阵云烟，从竹林的缝隙里看洒落下余晖的夕阳。鸟儿从我山中小屋的屋檐上飞过，洁白的云儿竟然从窗户里轻轻地飘了出来。

杳_{yǎo}杳寒山道

[唐] 寒山

杳杳寒山道，落落冷涧滨。

啾啾常有鸟，寂寂更无人。

淅淅风吹面，纷纷雪积身。

朝_{zhāo}朝不见日，岁岁不知春。

译文

　　寒山道上一片寂静幽暗，冷寂的涧边一片幽僻寥落。这里常常有鸟儿啾啾地啼鸣，却空虚冷清罕见人烟。风淅淅沥沥刮向我面门，雪纷纷扬扬洒落在我身上。我身处其中天天见不到阳光，年年也不知道有春天。

143

送杜少府之任蜀州

[唐] 王勃

城阙辅三秦，风烟望五津。

与君离别意，同是宦游人。

海内存知己，天涯若比邻。

无为在歧路，儿女共沾巾。

译文

巍巍长安，雄踞三秦之地；渺渺四川，却在迢迢远方。你我命运何等相仿，奔波仕途，远离家乡。只要有知心朋友，四海之内不觉遥远。即便在天涯海角，感觉就像近邻一样。岔道分手，实在不用儿女情长，泪洒衣裳。

登幽州台歌

[唐] 陈子昂

前 不 见 古 人，

后 不 见 来 者。

念 天 地 之 悠 悠，

独 怆^{chuàng} 然 而 涕 下！

译文

　　往前不见古代招贤的圣君，向后不见后世求才的明君。只有那苍茫天地悠悠无限，止不住满怀悲伤热泪纷纷！

次北固山下

[唐] 王湾

客路青山外，行舟绿水前。

潮平两岸阔，风正一帆悬。

海日生残夜，江春入旧年。

乡书何处达? 归雁洛阳边。

译文 ....

　　旅途在青山外，在碧绿的江水前行舟。潮水涨满，两岸之间水面宽阔，顺风行船恰好把帆儿高悬。夜幕还没有褪尽，旭日已在江上冉冉升起，还在旧年时分，江南已有了春天的气息。寄出去的家信不知何时才能到达，希望北归的大雁捎到洛阳去。

逢雪宿芙蓉山主人

[唐] 刘长卿qīng

日 暮 苍 山 远，

天 寒 白 屋 贫。

柴 门 闻 犬 吠，

风 雪 夜 归 人。

译文

　　暮色降临山色苍茫愈觉路途远，天寒冷茅草屋显得更贫困。柴门外忽传来犬吠声声，风雪夜回宿家的家人回来了。

送灵澈chè上人

[唐] 刘长卿

苍苍竹林寺，

杳杳钟声晚。

荷笠带斜阳，

青山独归远。

译文

　　青苍的竹林寺，近晚时传来深远的钟声。身背斗笠在夕阳的映照下，独回青山渐行渐远。

题破山寺后禅院

[唐] 常建

清晨入古寺，初日照高林。

曲径通幽处，禅房花木深。

山光悦鸟性，潭影空人心。

万籁此都寂，但余钟磬音。

译文

　　大清早我走进这古老寺院，旭日初升映照着山上树林。
竹林掩映小路通向幽深处，禅房前后花木繁茂又缤纷。
山光明媚使飞鸟更加欢悦，潭水清澈也令人爽神净心。
此时此刻万物都沉默静寂，只留下了敲钟击磬的声音。

答陆澧

[唐] 张九龄

松 叶 堪 为 酒，

春 来 酿 几 多。

不 辞 山 路 远，

踏 雪 也 相 过。

译文

　　清香的松树叶可以用来酿造甘甜的美酒，春天已经来临，不知这种美酒你到底酿造了多少呢？虽然山路崎岖遥远，但我不会推辞你的盛情邀请；纵使大雪厚积，也要踏雪前往拜访，何况现在已经是春天，冰雪已经消融。

早寒有怀

[唐] 孟浩然

木落雁南度,北风江上寒。

我家襄水曲,遥隔楚云端。

乡泪客中尽,孤帆天际看。

迷津欲有问,平海夕漫漫。

译文 ··

　　树叶飘落大雁飞向南方,北风萧瑟江上分外寒冷。我家在曲曲弯弯襄水边,远隔楚天云海迷迷茫茫。思乡的眼泪在旅途流尽,看归来的帆在天边徜徉。风烟迷离渡口可在何处,茫茫江水在夕阳下荡漾。

终南望余雪

[唐] 祖咏

终 南 阴 岭 秀，

积 雪 浮 云 端。

林 表 明 霁 色，

城 中 增 暮 寒。

译文

　　遥望终南，北山秀丽，皑皑白雪，若浮云间。雪后初晴，林梢之间闪烁着夕阳余晖，晚时分，长安城内又添了几分积寒。

竹里馆

[唐] 王维

独坐幽篁^{huáng}里，

弹琴复长啸。

深林人不知，

明月来相照。

译文

　　独自闲坐幽静竹林，时而弹琴时而长啸。密林之中何人知晓我在这里？只有一轮明月静静与我相伴。

使至塞上

[唐] 王维

单车欲问边，属国过居延。

征蓬出汉塞，归雁入胡天。

大漠孤烟直，长河落日圆。

萧关逢候骑，都护在燕然。
hòu jì　dū　　yān

译文 ....

　　乘单车想去慰问边关，路经的属国已过居延。千里飞蓬也飘出汉塞，北归大雁正翱翔云天。浩瀚沙漠中孤烟直上，无尽黄河上落日浑圆。到萧关遇到侦候骑士，告诉我都护已在燕然。

相思

[唐] 王维

红 豆 生 南 国，

春 来 发 几 枝。

愿 君 多 采 撷，

此 物 最 相 思。

译文

　　鲜红浑圆的红豆，生长在阳光明媚的南方，春暖花开的季节，不知又生出多少？希望思念的人儿多多采集，小小红豆引人相思。

终南别业

[唐] 王维

中岁颇好^{hào}道，晚家南山陲^{chuí}。

兴来每独往，胜事空自知。

行到水穷处，坐看云起时。

偶然值林叟，谈笑无还^{huán}期。

译文

中年以后存有较浓的好道之心，直到晚年才安家于终南山边陲。兴趣浓时常常独来独往去游玩，有快乐的事自我欣赏自我陶醉。间或走到水的尽头去寻求源流，间或坐看上升的云雾千变万化。偶然在林间遇见个把乡村父老，偶与他谈笑聊天每每忘了还家。

送别

[唐] 王维

山 中 相 送 罢，

日 暮 掩 柴 扉。
<small>fēi</small>

春 草 年 年 绿，

王 孙 归 不 归。

译文

　　在山中送走了你以后，夕阳西坠我关闭柴扉。春草明年再绿的时候，游子呵你能不能回归？

杂诗

[唐] 王维

君自故乡来，

应知故乡事。

来日绮_{qǐ}窗前，

寒梅著_{zhuó}花未？

译文 ....

您是刚从我们家乡来的，一定了解家乡的人情世态。请问您来的时候我家雕画花纹的窗户前，那一株腊梅花开了没有？

秋浦歌

[唐] 李白

白发三千丈，

缘愁似个长。

不知明镜里，

何处得秋霜。

译文 ....

　　白发长达三千丈，是因为愁才长得这样长。不知在明镜之中，是何处的秋霜落在了我的头上？

行路难

[唐] 李白

金樽清酒斗十千，玉盘珍羞直万钱。

停杯投箸不能食，拔剑四顾心茫然。

欲渡黄河冰塞川，将登太行雪满山。

闲来垂钓碧溪上，忽复乘舟梦日边。

行路难！行路难！多歧路，今安在？

长风破浪会有时，直挂云帆济沧海。

译文

　　金杯里装的名酒，每斗要价十千；玉盘中盛的精美菜肴，收费万钱。胸中郁闷啊，我停杯投箸吃不下；拔剑环顾四周，我心里委实茫然。想渡黄河，冰雪堵塞了这条大川；要登太行，莽莽的风雪早已封山。象吕尚垂钓溪，闲待东山再起；伊尹乘舟梦日，受聘在商汤身边。何等艰难！何等艰难！歧路纷杂，真正的大道究竟在哪边？相信总有一天，能乘长风破万里浪；高高挂起云帆，在沧海中勇往直前！

峨眉山月歌

[唐] 李白

峨眉山月半轮秋，

影入平羌江水流。

夜发清溪向三峡，

思君不见下渝州。

译文

　　高峻的峨眉山前，悬挂着半轮秋月。流动的平羌江上，倒映着精亮月影。夜间乘船出发，离开清溪直奔三峡。想你却难相见，恋恋不舍去向渝州。

山中问答

[唐] 李白

问余何意栖(qī)碧山,

笑而不答心自闲。

桃花流水窅(yǎo)然去,

别有天地非人间。

译文

　　有人疑惑不解地问我,为何幽居碧山?我只笑而不答,心里却一片轻松坦然。桃花飘落溪水,随之远远流去。此处别有天地,真如仙境一般。

渡荆 jīng 门送别

[唐] 李白

渡远荆门外，来从楚国游。

山随平野尽，江入大荒流。

月下飞天镜，云生结海楼。

仍怜故乡水，万里送行舟。

译文

　　乘船远行，路过荆门一带来到楚国故地。青山渐渐消失，平野一望无边。长江滔滔奔涌，流入广袤荒原。月映江面，犹如明天飞镜；云变蓝天，生成海市蜃楼。故乡之水恋恋不舍，不远万里送我行舟。

163

送友人

[唐] 李白

青山横北郭,白水绕东城。

此地一为别,孤蓬万里征。

浮云游子意,落日故人情。

挥手自兹去,萧萧班马鸣。

译文

　　青翠的山峦横卧在城墙的北面,波光粼粼的流水围绕着城的东边。在此地我们相互道别,你就像孤蓬那样随风飘荡,到万里之外远行去了。浮云像游子一样行踪不定,夕阳徐徐下山,似乎有所留恋。挥挥手从此分离,友人骑的那匹将要载他远行的马萧萧长鸣,似乎不忍离去。

春夜洛城闻笛

[唐] 李白

谁家玉笛暗飞声，

散入春风满洛城。

此夜曲中闻折柳，

何人不起故园情。

译文

　　是谁家精美的笛子暗暗地发出悠扬的笛声。随着春风飘扬，传遍洛阳全城。就在今夜的曲中，听到故乡的《折杨柳》，哪个人的思乡之情不会因此而油然而生呢？

黄鹤楼

[唐] 崔颢

昔人已乘黄鹤去，此地空余黄鹤楼。

黄鹤一去不复返，白云千载空悠悠。

晴川历历汉阳树，芳草萋萋鹦鹉洲。

日暮乡关何处是？烟波江上使人愁。

译文

过去的仙人已经驾着黄鹤飞走了，只留下空荡荡的黄鹤楼。黄鹤一去再也没有回来，千百年来只看见白云悠悠。阳光照耀下的汉阳树木清晰可见，更能看清芳草繁茂的鹦鹉洲。暮色渐渐漫起，哪里是我的家乡？江面烟波渺渺让人更生烦愁。

江南逢李龟年

[唐] 杜甫

岐王宅里寻常见，

崔九堂前几度闻。

正是江南好风景，

落花时节又逢君。

译文

当年在岐王宅里，常常见到你的演出；在崔九堂前，也曾多次欣赏你的艺术。没有想到，在这风景一派大好的江南；正是落花时节，能巧遇你这位老相熟。

赠花卿

[唐] 杜甫

锦城丝管日纷纷，

半入江风半入云。

此曲只应天上有，

人间能得几回闻。

译文 ....

　　锦官城里的音乐声轻柔悠扬，一半随着江风飘去，一半飘入了云端。这样的乐曲只应该天上有，人间里哪能听见几回？

江畔独步寻花

[唐] 杜甫

黄四娘家花满蹊,

千朵万朵压枝低。

留连戏蝶时时舞,

自在娇莺恰恰啼。

译文

　　黄四娘家周围的小路旁开满了鲜花,千朵万朵鲜花把枝条都压得低垂了。蝴蝶在花丛中恋恋不舍地盘旋飞舞,自由自在的小黄莺在花间不断欢唱。

望岳

[唐] 杜甫

岱(dài)宗夫如何？齐鲁青未了。

造化钟神秀，阴阳割昏晓。

荡胸生曾(céng)云，决眦(zì)入归鸟。

会当凌绝顶，一览众山小。

译文

　　泰山呵，你究竟有多么宏伟壮丽？你既挺拔苍翠，又横跨齐鲁两地。造物者给你，集中了瑰丽和神奇，你高峻的山峰，把南北分成晨夕。望层层云气升腾，令人胸怀荡涤，看归鸟回旋入山，使人眼眶欲碎。有朝一日，我总要登上你的绝顶，把周围矮小的群山们，一览无遗！

170

春望

[唐] 杜甫

国破山河在，城春草木深。

感时花溅泪，恨别鸟惊心。

烽火连三月，家书抵万金。

白头搔^{sāo}更短，浑欲不胜簪^{zān}。

译文

　　长安沦陷，国家破碎，只有山河依旧；春天来了，人烟稀少的长安城里草木茂密。感伤国事，不禁涕泪四溅，鸟鸣惊心，徒增离愁别恨。连绵的战火已经延续到了现在，家书难得，一封抵得上万两黄金。愁绪缠绕，搔头思考，白发越搔越短，简直插不了簪了。

茅屋为秋风所破歌(节选)

[唐] 杜甫

八月秋高风怒号(háo),

卷我屋上三重茅。

茅飞渡江洒江郊,

高者挂罥(juàn)长(cháng)林梢,

下者飘转沉塘坳(ào)。

译文

八月里秋深,狂风怒号,狂风卷走了我屋顶上好几层茅草。茅草乱飞,渡过浣花溪,散落在对岸江边。飞得高的茅草缠绕在高高的树梢上,飞得低的飘飘洒洒沉落到池塘和洼地里。

蜀相

[唐] 杜甫

丞相祠堂何处寻，锦官城外柏森森。

映阶碧草自春色，隔叶黄鹂空好音。

三顾频烦天下计，两朝开济老臣心。

出师未捷身先死，长使英雄泪满襟。

译文

何处去寻找武侯诸葛亮的祠堂？在成都城外那柏树茂密的地方。碧草照映台阶自当显露春色，树上的黄鹂隔枝空对婉转鸣唱。定夺天下先主曾三顾茅庐拜访，辅佐两朝开国与继业忠诚满腔。可惜出师伐魏未捷而病亡军中，常使历代英雄们对此涕泪满裳！

登高

[唐] 杜甫

风急天高猿啸哀，渚清沙白鸟飞回。
　　　　　　　　　zhǔ

无边落木萧萧下，不尽长江滚滚来。

万里悲秋常作客，百年多病独登台。

艰难苦恨繁霜鬓，潦倒新停浊酒杯。
　　　　　　　　　liáo

译文

　　风急天高猿猴啼叫显得十分悲哀，水清沙白的河洲上有鸟儿在盘旋。无边无际的树木萧萧地飘下落叶，长江滚滚涌来奔腾不息。悲对秋景感慨万里漂泊常年为客，一生当中疾病缠身今日独上高台。历尽了艰难苦恨白发长满了双鬓，衰颓满心偏又暂停了浇愁的酒杯。

渔翁

[唐] 柳宗元

渔翁夜傍西岩宿，晓汲清湘燃楚竹。

烟销日出不见人，欸乃一声山水绿。

回看天际下中流，岩上无心云相逐。

译文

　　渔翁晚上靠着西山歇宿，早上汲取清澈的湘水，以楚竹为柴做饭。太阳出来云雾散尽不见人影，摇橹的声音从碧绿的山水中传出。回头望去渔舟已在天边向下漂流，山上的白云正在随意飘浮，相互追逐。

秋思

[唐] 张籍

洛阳城里见秋风，

欲作家书意万重。

复恐匆匆说不尽，

行人临发又开封。

译文

　　洛阳城里刮起了秋风，心中思绪翻涌想写封家书问候平安。又担心时间匆忙有什么没有写到之处，在送信之人即将出发前再次打开信封检查。

乌衣巷

[唐] 刘禹锡

朱 雀 桥 边 野 草 花，

乌 衣 巷 口 夕 阳 斜。

旧 时 王 谢 堂 前 燕，

飞 入 寻 常 百 姓 家。

译文

朱雀桥边一些野草开花，乌衣巷口唯有夕阳斜挂。
当年王导、谢安檐下的燕子，如今已飞进寻常百姓家中。

竹枝词

[唐] 刘禹锡

杨 柳 青 青 江 水 平，

闻 郎 江 上 踏 歌 声。

东 边 日 出 西 边 雨，

道 是 无 晴 却 有 晴。

译文

　　江边的杨柳青青，垂着绿色枝条，水面一片平静。忽然听到江面上情郎唱歌的声音。东边出着太阳，西边还下着雨。没有晴天吧，却还有晴的地方。

酬乐天扬州初逢席上见赠

[唐] 刘禹锡

巴山楚水凄凉地，二十三年弃置身。

怀旧空吟闻笛赋，到乡翻似烂柯人。

沉舟侧畔千帆过，病树前头万木春。

今日听君歌一曲，暂凭杯酒长精神。

译文

　　巴山楚水凄凉之地，二十三年默默谪居。只能吹笛赋诗，空自惆怅不已。回来物是人非，我像烂柯之人，沉舟侧畔，千帆竞发；病树前头，万木逢春。今日听你高歌一曲，暂借杯酒振作精神。

秋风引

[唐] 刘禹锡

何 处 秋 风 至?

萧 萧 送 雁 群。

朝 来 入 庭 树,

孤 客 最 先 闻。

译文

　　秋风是从哪里吹来?萧萧落叶声中送来了一群群大雁。早晨秋风撩动庭中的树木,独自漂泊他乡的人最先听到了秋声。

秋词

[唐] 刘禹锡

自古逢秋悲寂寥^{liáo}，

我言秋日胜春朝。

晴空一鹤排云上，

便引诗情到碧宵。

译文

　　自古以来每逢秋天都会感到悲凉寂寥，我却认为秋天要胜过春天。万里晴空，一只鹤凌云而飞起，就引发我的诗兴到了蓝天上了。

钱塘湖春行

[唐] 白居易

孤山寺北贾亭西，水面初平云脚低。

几处早莺争暖树，谁家新燕啄春泥。

乱花渐欲迷人眼，浅草才能没马蹄。

最爱湖东行不足，绿杨阴里白沙堤。

译文

　　绕过孤山寺以北漫步贾公亭以西，湖水初涨与岸平齐白云垂得很低。几只早出的黄莺争栖向阳的暖树，谁家新飞来的燕子忙着筑巢衔泥。野花竞相开放就要让人眼花缭乱，春草还没有长高才刚刚没过马蹄。最喜爱湖东的美景令人流连忘返，杨柳成排绿荫中穿过一条白沙堤。

问刘十九

[唐] 白居易

绿蚁新醅^{pēi}酒,

红泥小火炉。

晚来天欲雪,

能饮一杯无?

译文

    酿好了淡绿的米酒,烧旺了小小的火炉。天色将晚雪意渐浓,能否一顾寒舍共饮一杯暖酒?

遗爱寺

[唐] 白居易

弄石临溪坐，

寻花绕寺行。

时时闻鸟语，

处处是泉声。

译文

　　手里玩赏着奇丽的彩石，面对着潺潺的溪水观赏。绕着寺旁那弯弯的小径，探寻着绚丽多姿的野山花。百灵声声脆，婉转歌唱。泉水咚咚响，脉脉流淌。

村夜

[唐] 白居易

霜草苍苍虫切切,

村南村北行人绝。

独出前门望野田,

月明荞麦花如雪。

译文 ....

　　在一片被寒霜打过的灰白色秋草中, 小虫在窃窃私语着, 山村周围行人绝迹。我独自来到前门眺望田野, 只见皎洁的月光照着一望无际的荞麦田, 满地的荞麦花简直就像一片耀眼的白雪。

菊花

[唐] 元稹zhěn

秋丛绕舍似陶家，

遍绕篱边日渐斜。

不是花中偏爱菊，

此花开尽更无花。

译文

　　一丛一丛的秋菊环绕着房屋，看起来好似诗人陶渊明的家。绕着篱笆观赏菊花，不知不觉太阳已经快落山了。不是因为百花中偏爱菊花，只是因为菊花开过之后便不能够看到更好的花了。

雁门太守行

[唐] 李贺

黑云压城城欲摧，甲光向日金鳞开。

角声满天秋色里，塞上燕脂凝夜紫。

半卷红旗临易水，霜重鼓寒声不起。

报君黄金台上意，提携_{xié}玉龙为君死。

译文

　　敌兵滚滚而来，犹如黑云翻卷，想要摧倒城墙；我军严待以来，阳光照耀铠甲，一片金光闪烁。秋色里，响亮军号震天动地；黑夜间战士鲜血凝成暗紫。红旗半卷，援军赶赴易水；夜寒霜重，鼓声郁闷低沉。只为报答君王恩遇，手携宝剑，视死如归。

赤壁

[唐] 杜牧

折戟沉沙铁未销，

自将磨洗认前朝。

东风不与周郎便，

铜雀春深锁二乔。

译文

赤壁的泥沙中，埋着一枚未锈尽的断戟。自己磨洗后发现这是当年赤壁之战的遗留之物。倘若不是东风给周瑜以方便，结局恐怕是曹操取胜，二乔被关进铜雀台了。

泊秦淮

[唐] 杜牧

烟笼寒水月笼沙，

夜泊秦淮近酒家。

商女不知亡国恨，

隔江犹唱后庭花。

译文

  迷离月色和轻烟笼罩寒水和白沙，夜晚船泊在秦淮靠近岸上的酒家。卖唱的歌女不懂什么叫亡国之恨，隔着江水仍在高唱着玉树后庭花。

秋夕

[唐] 杜牧

银烛秋光冷画屏，

轻罗小扇扑流萤。

天阶夜色凉如水，

坐看牵牛织女星。

译文

　　在秋夜里烛光映照着画屏，手拿着小罗扇扑打萤火虫。夜色里的石阶清凉如冷水，静坐寝宫凝视牛郎织女星。

乐游原

[唐] 李商隐

向晚意不适，

驱车登古原。
（qū）

夕阳无限好，

只是近黄昏。

译文

　　傍晚时心情不快，驾着车登上古原。夕阳啊无限美好，只不过接近黄昏。

191

夜雨寄北

[唐] 李商隐

君问归期未有期，

巴山夜雨涨秋池。

何当共剪西窗烛，

却话巴山夜雨时。

译文

你问我回家的日期，归期难定，今晚巴山下着大雨，雨水已涨满秋池。什么时候我们才能一起秉烛长谈，相互倾诉今宵巴山夜雨中的思念之情。

无题

[唐] 李商隐

相见时难别亦难，东风无力百花残。

春蚕到死丝方尽，蜡炬成灰泪始干。

晓镜但愁云鬓改，夜吟应觉月光寒。

蓬山此去无多路，青鸟殷勤为探看。

译文 ··

　　见面的机会真是难得，分别时更是难舍难分，况且又兼东风将收的暮春天气，百花残谢，更加使人伤感。春蚕结茧到死时丝才吐完，蜡烛要燃尽成灰时像泪一样的蜡油才能滴干。女子早晨妆扮照镜，只担忧丰盛如云的鬓发改变颜色，青春的容颜消失。男子晚上长吟不寐，必然感到冷月侵人。对方的住处就在不远的蓬莱山，却无路可通，可望而不可及。希望有青鸟一样的使者殷勤地为我去探看情人。

逢入京使

[唐] 岑参 cénshēn

故园东望路漫漫，

双袖龙钟泪不干。

马上相逢无纸笔，

凭君传语报平安。

译文 ....

　　东望家乡路程又远又长，热泪湿双袖还不断流淌。在马上与你相遇无纸笔，请告家人说我平安无恙。

白雪歌送武判官归京

[唐] 岑参

北风卷地白草折，

胡天八月即飞雪。

忽如一夜春风来，

千树万树梨花开。

北风席卷大地把白草吹折，胡地天气八月就纷扬落雪。忽然间宛如一夜春风吹来，好像是千树万树梨花盛开。

晚春

[唐] 韩愈

草树知春不久归，

百般红紫斗芳菲。

杨花榆荚无才思，

惟解漫天作雪飞。

译文 ....

　　花草树木知道春天即将归去，都想留住春天的脚步，纷纷争奇斗艳就连那没有美丽颜色的杨花和榆钱也不甘寂寞，随风起舞，化作漫天飞雪。

196

商山早行

[唐] 温庭筠yún

晨起动征铎，客行悲故乡。

鸡声茅店月，人迹板桥霜。

槲叶落山路，枳花明驿墙。

因思杜陵梦，凫雁满回塘。

译文

黎明起床，车马的铃铎已震动；一路远行，游子悲思故乡。鸡声嘹亮，茅草店沐浴着晓月的余辉；足迹依稀，木板桥覆盖着早春的寒霜。枯败的槲叶，落满了荒山的野路；淡白的枳花，鲜艳地开放

在驿站的泥墙上。因而想起昨夜梦见杜陵的美好情景；一群群鸭和鹅，正嬉戏在岸边弯曲的湖塘里。

天竺_{zhú}寺八月十五日夜桂子

[唐] 皮日休

玉 颗 珊 珊 下 月 轮，

殿_{diàn} 前 拾 得 露_{lù} 华 新。

至 今 不 会 天 中 事，

应_{yīng} 是 嫦 娥 掷_{zhì} 与 人。

译文

　　桂花从天而降，好像是月上掉下来似的。拾起殿前的桂花，只见其颜色洁白、新鲜。我到现在也不明白吴刚为什么要跟桂花树过不去。这桂花大概是嫦娥撒下来给予众人的吧。

牧童

[唐] 吕岩

草铺横野六七里，

笛弄晚风三四声。

归来饱饭黄昏后，

不脱蓑衣卧月明。

译文

　　绿草如茵，广阔的原野，一望无垠。笛声在晚风中断断续续地传来，悠扬悦耳。牧童放牧归来，在黄昏饱饭后。他连蓑衣都没脱，就愉快地躺在草地上看天空中的明月。

山中留客

[唐] 张旭

山 光 物 态 弄 春 晖，

莫 为 轻 阴 便 拟 归。

纵 使 晴 明 无 雨 色，

入 云 深 处 亦 沾 衣。

译文 ....

　　山光物态沐浴于春日的光辉中，不要因为几朵阴云就打算回去。即使天气晴朗没有阴雨迷蒙，去到山中云雾深处衣服也会沾湿。

早梅

[唐] 张谓

一 树 寒 梅 白 玉 条，

Jiǒng
迥 临 村 路 傍 溪 桥。

fā
不 知 近 水 花 先 发，

xiāo
疑 是 经 冬 雪 未 销。

有一树梅花凌寒早开，枝条洁白如玉。它远离人来车往的村路，临近溪水桥边。人们不知寒梅靠近溪水提早开放，以为那是经冬而未消融的白雪。

201

题都城南庄

[唐] 崔护

去 年 今 日 此 门 中，

人 面 桃 花 相 映 红。

人 面 不 知 何 处 去，

桃 花 依 旧 笑 春 风。

译文

　　去年冬天，就在这扇门里，姑娘脸庞，相映鲜艳桃花。今日再来此地，姑娘不知去向何处，只有桃花依旧，含笑怒放春风之中。今日再来此地，姑娘不知去向何处，只有桃花依旧，含笑怒放春风之中。

山亭夏日

[唐] 高骈pián

绿树阴浓夏日长,
楼台倒影入池塘。
水晶帘动微风起,
满架蔷薇一院香。

　　绿树葱郁浓阴夏日漫长,楼台的倒影映入了池塘。
水精帘在抖动微风拂起,满架蔷薇惹得一院芳香。

春晴

[唐] 王驾

雨前初见花间蕊,

雨后全无叶底花。

蜂蝶纷纷过墙去,

却疑春色在邻家。

译文

　　春雨之前,还见到花间露出新蕊,雨后只见花叶,就连叶子底下也找不到一朵花,采花的蜜蜂和蝴蝶,因为找不到花,纷纷飞过院墙,竟使人怀疑春天的景色还在临家的园子里。

月夜

[唐] 刘方平

更^{gēng}深月色半人家，

北斗阑^{lán}干南斗斜^{xié}。

今夜偏知春气暖，

虫声新透绿窗纱。

译文 ··

　　夜静更深，朦胧的斜月撒下点点清辉，映照着家家户户。夜空中，北斗星和南斗星都已横斜。今夜出乎意料的感觉到了初春暖意，还听得春虫叫声穿透绿色窗纱。

野望

[唐] 王绩

东皋(gāo bó)薄暮望，徙倚(xǐ yǐ)欲何依。

树树皆秋色，山山唯落晖。

牧人驱犊(dú)返，猎马带禽归。

相顾无相识，长歌怀采薇。

译文

　　傍晚时分站在东皋纵目远望，我徘徊不定不知该归依何方，层层树林都染上秋天的色彩，重重山岭披覆着落日的余光。牧人驱赶着那牛群返还家园，猎人带着猎物驰过我的身旁。大家相对无言彼此互不相识，我长啸高歌真想隐居在山冈！

夜上受降城闻笛

[唐] 李益

回乐烽前沙似雪，

受降城外月如霜。

不知何处吹芦管，

一夜征人尽望乡。

译文 ....

　　回乐烽前的沙地白得像雪，受降城外的月色有如秋霜。不知何处吹起凄凉的芦管，一夜间征人个个眺望故乡。

忆江南·怀旧

[唐] 李煜yù

多少恨,昨夜梦魂中。

还(hái)似旧时游上苑(yuàn),

车 如 流 水 马 如 龙。

花 月 正 春 风。

译文

　　有多少遗恨呀,都在昨夜的梦魂中。梦中好像我还是故国君主,常在上苑游乐,车子接连不断像流水一样驰过,马匹络绎不绝像一条龙一样走动。花好月圆春风醉人。

虞美人·感旧

[唐] 李煜

春花秋月何时了？往事知多少。

小楼昨夜又东风，

故国不堪回首月明中。

雕栏玉砌应犹在，只是朱颜改。
（qì）（yóu）

问君能有几多愁？

恰似一江春水向东流。

译文

这年的时光什么时候才能了结，往事知道有多少？昨夜小楼上又吹来了春风，在这皓月当空的夜晚，怎承受

得了回忆故国的伤痛！精雕细刻的栏杆、玉石砌成的台阶应该还在，只是所怀念的人已衰老。要问我心中有多少哀愁，就像这不尽的滔滔春水滚滚东流。

相见欢

[唐] 李煜

无言独上西楼，月如钩。

寂寞梧桐深院锁清秋。

剪不断，理还乱，是离愁。

别是一般滋味在心头。

译文

孤独的人默默无语，独自一人缓缓登上西楼。仰视天空，残月如钩。梧桐树寂寞地孤立院中，幽深的庭院被笼罩在清冷凄凉的秋色之中。那剪也剪不断，理也理不清，让人心乱如麻的，正是亡国之苦。这样的离异思念之愁，而今在心头上却又是另一般不同的滋味。

浣溪沙

[宋] 晏_{yàn}殊

一曲新词酒一杯，去年天气旧亭台。

夕阳西下几时回？

无可奈何花落去，似曾相识燕归来。

小园香径独徘徊。

译文

听一支新曲喝一杯美酒，还是去年的天气旧日的亭台，西落的夕阳何时才能回来？

花儿总要凋落让人无可奈何，似曾相识的春燕又归来，独自在花香小径里徘徊留恋。

破阵子·春景

[宋] 晏殊

燕子来时新社，梨花落后清明。

池上碧苔三四点，叶底黄鹂一两声。

日长飞絮轻。
（cháng）

巧笑东邻女伴，采桑径里逢迎。

疑怪昨宵春梦好，元是今朝斗草赢。
（zhāo dòu）

笑从双脸生。

译文 ....

燕子飞来正赶上社祭之时，清明节后梨花纷飞。几片碧苔点缀着池中清水，黄鹂的歌声萦绕着树上枝叶，只见那柳絮飘飞。在采桑的路上邂逅巧笑着的东邻女伴。怪不得我昨晚做了个春宵美梦，原来它是预兆我今天斗草获得胜利啊！不由得脸颊上也浮现出了笑意。

画眉鸟

[宋] 欧阳修

百啭千声随意移，

山花红紫树高低。

始知锁向金笼听，

不及林间自在啼。

译文 ··

　　千百声的鸟的鸣叫声，随着自己的心意任意回荡着，(就在那)山花万紫千红绽放在高低有致的林木里。这才明白：(以前)听到那锁在金笼内的画眉叫声，远比不上悠游林中时的自在啼唱。

宿甘露寺僧舍

[宋] 曾公亮

枕中云气千峰近，

床底松声万壑哀。

要看银山拍天浪，

开窗放入大江来。

译文

　　床枕上弥漫着云气，使我恍若睡在千峰之上；阵阵松涛从万壑传来，似乎就在我床底下轰响。我忍不住想去看那如山般高高涌过的波浪，一打开窗户，滚滚长江仿佛扑进了我的窗栏。

渔家傲

[宋] 范仲淹

塞下秋来风景异，衡阳雁去无留意。四面边声连角起，千嶂里，长烟落日孤城闭。

浊（zhuó）酒一杯家万里，燕然未勒归无计。羌管悠悠霜满地，人不寐，将军白发征夫泪。

译文

边境上秋天一来风景就全都不同了，向衡阳飞去的雁群毫无留恋的情意，周围的边声也随之而起，层峦叠嶂里。暮霭沉沉，山衔落日，孤零零的城门紧闭。空对愁酒一杯，离家万里。思绪万千，想起边患不平，功业未成，不知何时才能返回故里。悠扬的羌笛响起来了，天气寒冷，霜雪满地，夜深了，将士们都不能安睡，将军为操持军事，须发都变白了；战士们久戍边塞，也流下了伤时的眼泪。

苏幕遮

[宋] 范仲淹

碧云天，黄叶地，秋色连波，波上寒烟翠。

山映斜阳天接水，芳草无情，更在斜阳外。

黯乡魂，追旅思，夜夜除非，好梦留人睡。

明月楼高休独倚，酒入愁肠，化作相思泪。

译文

　　云天蓝碧，黄叶落满地，天边秋色与秋波相连，波上弥漫着空翠略带寒意的秋烟。远山沐浴着夕阳天空连接着江水。不解思乡之苦的芳草，一直延伸到夕阳之外的天际。默默思念故乡黯然神伤，缠人的羁旅愁思难以排遣，每天夜里除非是美梦才能留人入睡。当明月照射高楼时不要独自依倚。频频地苦酒灌入愁肠，化为相思的眼泪。

蝶恋花

[宋] 柳永

　　伫倚危楼风细细，望极春愁，黯黯生天际。草色烟光残照里，无言谁会凭阑意。

　　拟把疏狂图一醉，对酒当歌，强乐还无味。衣带渐宽终不悔，为伊消得人憔悴。

译文

　　我长时间倚靠在高楼的栏杆上，微风拂面一丝丝一细细，望不尽的春日离愁，沮丧忧愁从遥远无边的天际升起。碧绿的草色，飘忽缭绕的云霭雾气掩映在落日余晖里，默默无言谁理解我靠在栏杆上的心情。

　　打算把放荡不羁的心情给灌醉，举杯高歌，勉强欢笑反而觉得毫无意味。我日渐消瘦下去却始终不感到懊悔，宁愿为她消瘦得精神萎靡神色憔悴。

登飞来峰

[宋] 王安石

飞来山上千寻塔，

闻说鸡鸣见日升。

不畏浮云遮望眼，

自缘身在最高层。

译文 ....

　　听说在飞来峰极高的塔上，鸡鸣时分可看到旭日初升。不怕浮云会遮住我的视线，只因为如今我身在最高层。

春日偶成

[宋] 程颢hào

云淡风轻近午天，

傍花随柳过前川。

时人不识余心乐，

将谓偷闲学少年。

译文··

　　接近正午时分，天上飘着淡淡的云，偶尔刮起一阵微风。穿行于花柳之间不知不觉来到了前面的河边。旁人不知道此时此刻我内心的快乐，还以为我在学少年模样趁着大好时光忙里偷闲呢。

水调歌头(节选)

[宋] 苏轼

明月几时有？把酒问青天。不知天上宫阙，今夕是何年。我欲乘风归去，又恐琼(qióng)楼玉宇，高处不胜寒。起舞弄清影，何似在人间。

译文

像中秋佳节如此明月几时能有？ 我拿着酒杯遥问苍天。不知道高遥在上的宫阙，现在又是什么日子。我想凭借着风力回到天上去看一看，又担心美玉砌成的楼宇太高了，我经受不住寒冷。起身舞蹈玩赏着月光下自己清朗的影子，月宫哪里比得上人间烟火暖人心肠。

花影

[宋] 苏轼

重重叠叠上瑶台，

几度呼童扫不开。

刚被太阳收拾去，

却叫明月送将来。

译文

　　亭台上的花影一层又一层，几次叫童儿去打扫，可是花影怎么扫走呢？傍晚太阳下山时，花影刚刚隐退，可是月亮又升起来了，花影又重重叠叠出现了。

定风波

[宋] 苏轼

莫听穿林打叶声，何妨吟啸且徐行。

竹杖芒鞋轻胜马，谁怕？一蓑烟雨任平生。

料峭春风吹酒醒，微冷，山头斜照却相迎。

回首向来萧瑟处，归去，也无风雨也无晴。

译文

　　不用注意那穿林打叶的雨声，不妨一边吟咏长啸着，一边悠然地行走。拄竹杖曳草鞋轻便胜过骑马，这都是小事情又有什么可怕？ 一身蓑衣任凭风吹雨打，照样过我的一生。春风微凉，将我的酒意吹醒，身上略略微微感到一些寒冷，看山头上斜阳已露出了笑脸。回头望一眼走过来遇到风雨的地方，回去，不管它是风雨还是放晴。

秋日

[宋] 秦观

霜落邗^{hán}沟积水清，

寒星无数傍船明。

菰^{gū}蒲^{pú}深处疑无地，

忽有人家笑语声。

译文 ....

　　已是降霜时分，邗沟里，水还是清澈的，天上万颗星星，映在水里，和船是那么近。原以为岸边菱蒲之地，没什么人家，忽然传出了言语几声。

春游湖

[宋] 徐俯

双飞燕子几时回？

Jiā　　　zhàn
夹岸桃花蘸水开。

春雨断桥人不度，

小舟撑出柳阴来。

译文 ···

　　一对对燕子，你们什么时候飞回来的？小河两岸的桃树枝条浸在水里，鲜红的桃花已经开放。下了几天雨，河水涨起来淹没了小桥，人不能过河，正在这时候，一叶小舟从柳阴下缓缓驶出。

夏日绝句

[宋] 李清照

生当作人杰，

死亦为鬼雄。

至今思项羽，

不肯过江东。

译文 ···

生时应当做人中豪杰，死后也要做鬼中英雄。到今天人们还在怀念项羽，因为他不肯苟且偷生，退回江东。

如梦令

[宋] 李清照

昨夜雨疏风骤，浓睡不消残酒。

试问卷帘人，却道海棠依旧。

知否，知否？应是绿肥红瘦。

译文

　　昨天夜里雨点虽然稀疏，但是风却劲吹不停。我酣睡一夜，然而醒来之后依然觉得还有一点酒意没有消尽。于是就问正在卷帘的侍女，外面的情况如何，她说海棠花依然和昨天一样。你可知道，你可知道，这个时节应该是绿叶繁茂，红花凋零了。

如梦令

[宋] 李清照

常记溪亭日暮，沉醉不知归路。

xìng
兴尽晚回舟，误入藕花深处。

争渡，争渡，惊起一滩鸥鹭。

 译文 ....

　　应是常常想起一次郊游，一玩就到日暮时分，沉醉在其中不想回家。一直玩到没了兴致才乘舟返回，却迷途进入藕花池的深处。怎么出去呢？怎么出去呢？叽喳声惊叫声划船声惊起了一滩鸣鹭。

渔家傲

[宋] 李清照

天接云涛连晓雾，星河欲转千帆舞。仿佛梦魂归帝所。闻天语，殷勤问我归何处。

我报路长嗟（Jiē）日暮，学诗谩（màn）有惊人句。九万里风鹏正举。风休住，蓬舟吹取三山去。

译文 ....

天蒙蒙，晨雾蒙蒙笼云涛。银河欲转，千帆如梭逐浪飘。梦魂仿佛又回到了天庭，天帝传话善意地相邀。天帝传话善意地相邀。殷勤地问道：你可有归宿之处。

我回报天帝说：路途漫长又叹日暮时不早。学作诗，枉有妙句人称道，却是空无用。长空九万里，大鹏冲天飞正高。风啊！请千万别停息。将这一叶轻舟，载着我直送往蓬莱三仙岛。

醉花阴

[宋] 李清照

薄雾浓云愁永昼，瑞脑销金兽。

佳节又重阳，玉枕纱厨，半夜凉初透。

东篱把酒黄昏后，有暗香盈袖。

莫道不销魂，帘卷西风，人比黄花瘦。

译文

　　薄雾弥漫，云层浓密，日子过得愁烦，龙涎香在金兽香炉中缭袅。又到了重阳佳节，卧在玉枕纱帐中，半夜的凉气刚将全身浸透。在东篱边饮酒直到黄昏以后，淡淡的黄菊清香溢满双袖。莫要说清秋不让人伤神，西风卷起珠帘，帘内的人儿比那黄花更加消瘦。

襄邑道中

[宋] 陈与义

飞花两岸照船红，

百里榆堤半日风。

卧看满天云不动，

不知云与我俱东。

译文

　　两岸原野落花缤纷，随风飞舞，连船帆也仿佛也染上了淡淡的红色，船帆趁顺风，一路轻扬，沿着长满榆树的大堤，半日工夫就到了离京城百里以外的地方。躺在船上望着天上的云，它们好像都纹丝不动，却不知道云和我都在向东行前进。

十一月四日风雨大作

[宋] 陆游

僵卧孤村不自哀，

尚思为国戍轮台。
（Shù）

夜阑卧听风吹雨，

铁马冰河入梦来。

译文

　　我直挺挺躺在孤寂荒凉的乡村里，没有为自己的处境而感到悲哀，心中还想着替国家防卫边疆。夜将尽了，我躺在床上听到那风雨的声音，迷迷糊糊地梦见，自己骑着披着铁甲的战马跨过冰封的河流。

游山西村

[宋] 陆游

莫笑农家腊酒浑，丰年留客足鸡豚^{tún}。

山重水复疑无路，柳暗花明又一村。

箫鼓追随春社近，衣冠简朴古风存。

从今若许闲乘月，拄杖无时夜叩门。

译文

　　不要笑农家腊月里酿的酒浊而又浑，在丰收屿年景里待客菜肴非常丰繁。山峦重叠水流曲折正担心无路可走，柳绿花艳忽然眼前又出现一个山村。吹着箫打起鼓春社的日子已经接近，村民们衣冠简朴古代风气仍然保存。今后如果还能乘大好月色出外闲游，我一定拄着拐杖随时来敲你的家门。

232

卜算子·咏梅

[宋] 陆游

驿外断桥边，寂寞开无主。

已是黄昏独自愁，更著风和雨。
（zhuó）

无意苦争春，一任群芳妒。

零落成泥碾作尘，只有香如故。
（niǎn）

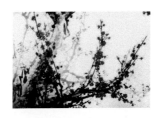

译文

　　驿站外断桥旁。梅花寂寞地开放、孤孤单单。无人来欣赏。黄昏里独处已够愁苦。又遭到风吹雨打而飘落四方。它花开在百花之首，却无心同百花争享春光，只任凭百花去总妒。即使花片飘落被碾作尘泥，也依然有永久的芬芳留在人间。

舟过安仁

[宋] 杨万里

一叶渔船两小童,

收篙停棹坐船中。
gāo   zhào

怪生无雨都张伞,

不是遮头是使风。

译文

　　一只渔船上,有两个小孩子,他们收起了竹竿,停下了船桨,坐在船中。怪不得没下雨他们就张开了伞,原来他们不是为了遮雨,而是想利用伞当帆让船前进啊。

过松原晨炊漆公店

[宋] 杨万里

莫言下岭便无难，

赚得行人错喜欢。

政入万山围子里，

一山放出一山拦。

译文

　　不要说从山岭上下来就没有困难，这句话骗得前来爬山的人白白地欢喜一场。当你进入到崇山峻岭的圈子里以后，你刚攀过一座山，另一座山立刻将你阻拦。

破阵子(其一)

[宋] 辛弃疾

醉里挑灯看剑，梦回吹角连营。

八百里分麾(huī)下炙(zhì)，五十弦翻塞(sài)外声，

沙场秋点兵。

马作的卢(dí)飞快，弓如霹雳(pī lì)弦惊。

了却君王天下事，赢得生前身后名。

可怜白发生！

译文

醉梦里挑亮油灯观看宝剑，梦中回到了当年的各个营垒，接连响起号角声。把烤牛肉分给部下，乐队演奏北疆歌曲。这是秋天在战场上阅兵。

战马像的卢马一样跑得飞快，弓箭像惊雷一样，震耳离弦。(我)一心想替君主完成收复国家失地的大业，取得世代相传的美名。可怜已成了白发人！

南乡子

[宋] 辛弃疾

何处望神州？满眼风光北固楼。千古兴亡多少事？悠悠。不尽长江滚滚流。

年少万兜^{móu}鍪，坐断东南战未休。天下英雄谁敌手？曹刘。生子当如孙仲谋。

译文 ························

什么地方可以看见中原呢？在北固楼上，满眼都是美好的风光。从古到今，有多少国家兴亡大事呢？不知道。往事连绵不断，如同没有尽头的长江水滚滚地奔流不息。

当年孙权在青年时代，做了三军统帅。他能占据东南，坚持抗战，没有向敌人低头和屈服过。天下英雄谁是孙权的敌手呢？只有曹操和刘备而已。要是能有个孙权那样的儿子就好了。

菩萨蛮·书江西造口壁

[宋] 辛弃疾

郁孤台下清江水，中间多少行人泪？

西北望长安，可怜无数山。

青山遮不住，毕竟东流去。

江晚正愁余，山深闻鹧鸪。

译文

郁孤台下这赣江的水，水中有多少行人的眼泪。我举头眺望西北的长安，可惜只看到无数青山。

但青山怎能把江水挡住？江水毕竟还会向东流去。夕阳西下我正满怀愁绪，听到深山里传来鹧鸪的鸣叫声。

过零丁洋

[宋] 文天祥

gān gē liáo
辛苦遭逢起一经，干戈寥落四周星。

山河破碎风飘絮，身世浮沉雨打萍。

惶恐滩头说惶恐，零丁洋里叹零丁。

人生自古谁无死？留取丹心照汗青。

译文 ··

　　回想我早年由科举入仕历尽辛苦，如今战火消歇已熬过了四个年头。国家危在旦夕恰如狂风中的柳絮，个人又哪堪言说似骤雨里的浮萍。惶恐滩的惨败让我至今依然惶恐，零丁洋身陷元虏可叹我孤苦零丁。人生自古以来有谁能够长生不死？我要留一片爱国的丹心映照史册。

山雨

[宋] 翁卷

一夜满林星月白，

且无云气亦无雷。

平明忽见溪流急，

知是他山落雨来。

译文 ....

　　整个晚上，林子里都洒满了星月的辉光；天上没有一丝云，也没听见有雷震响。天亮时出门，忽然见到溪水流得分外地湍急；因此，我知道别的山曾经下过大雨，水宛转流到这个地方。

约客

[宋] 赵师秀

黄梅时节家家雨，

青草池塘处处蛙。

有约不来过夜半，

闲敲棋子落灯花。

译文

　　梅子黄时，家家都被笼罩在雨中，长满青草的池塘边上，传来阵阵蛙声。时间已过午夜，已约请好的客人还没有来，我无聊地轻轻敲着棋子，震落了点油灯时灯芯结出的疙瘩。

绝句

[宋] 志南

古木阴中系短篷,

杖藜扶我过桥东。

沾衣欲湿杏花雨,

吹面不寒杨柳风。

译文

　　我在高大的古树阴下拴好了小船;拄着拐杖,走过小桥,恣意欣赏这美丽的春光。丝丝细雨,淋不湿我的衣衫;它飘洒在艳丽的杏花上,使花儿更加灿烂。阵阵微风,吹着我的脸已不使人感到寒;它舞动着嫩绿细长的柳条,格外轻飏。

西城道中

[金] 周昂

草 路 幽 香 不 动 尘,

细 蝉 初 向 叶 间 闻。

míng méng
溟 濛 小 雨 来 无 际,

云 与 青 山 淡 不 分。

译文

　　长满草的道路散发著草香,一路上都见不到飘扬的尘土。刚初生的蝉儿也躲在树叶间,教人找不着。由云端下来的小雨,迷迷蒙蒙,到处弥漫着。教人分不清何处是云,内处是青山啊?

客意

[金朝] 元好hào问

雪屋灯青客枕孤，

眼中了了见归途。

山间儿女应相望，

十月初旬得到无？

译文

客居他乡的游子，难免会有思乡的情怀，偏偏又遇到这飞雪寒夜、贫屋青灯。自己孤枕难眠，在半醒半梦中仿佛清清楚楚的见到了归家的路程。远远看见了孩子们在门前眺望，盼望着爹爹的归来。十月初旬，父亲能不能回到家里。

天净沙·秋思

[元] 马致远

枯藤老树昏鸦，小桥流水人家，古道西风瘦马。夕阳西下，断肠人在天涯。

译文

天色黄昏，一群乌鸦落在枯藤缠绕的老树上，发出凄厉的哀鸣。小桥下流水哗哗作响，小桥边庄户人家炊烟袅袅古道上一匹瘦马，顶着西风艰难地前行。夕阳渐渐地失去了光泽，从西边落下。凄寒的夜色里，只有孤独的旅人漂泊在遥远的地方。

天净沙·秋

[元] 白朴pǔ

孤村落日残霞，轻烟老树寒鸦，一点飞鸿影下。青山绿水，白草红叶黄花。

译文

太阳渐渐西沉，已衔着西山了，天边的晚霞也逐渐开始消散，只残留有几分黯淡的色彩，映照着远处安静的村庄是多么的孤寂，拖出那长长的影子。雾淡淡飘起，几只乌黑的乌鸦栖息在佝偻的老树上，远处的一只大雁飞掠而下，划过天际。山清水秀；霜白的小草、火红的枫叶、金黄的花朵，在风中一齐摇曳着，颜色几尽妖艳。

山坡羊·潼关怀古

[元] 张养浩

峰峦如聚，波涛如怒，山河表里潼关路。望西都，意踌躇。
^{chóu chú}

伤心秦汉经行处，宫阙万间都做了土。兴，百姓苦；亡，百姓苦。

译文 ··

华山的山峰从四面八方会聚，黄河的波涛像发怒似的汹涌。潼关古道内接华山，外连黄河。遥望古都长安，我徘徊不定，思潮起伏。

令人伤心的是秦宫汉阙里那些走过的地方，万间宫殿早已化作了尘土。一朝兴盛，百姓受苦；一朝灭亡，百姓依旧受苦。

临江仙

[明] 杨慎

滚滚长江东逝水，浪花淘尽英雄。是非成败转头空。青山依旧在，几度夕阳红。

白发渔樵江渚上，惯看秋月春风。一壶浊酒喜相逢。古今多少事，都付笑谈中。

译文

滚滚长江向东流，不再回头，多少英雄像翻飞的浪花般消逝。争什么是与非、成功与失败，都是短暂不长久。只有青山依然存在，依然的日升日落。江上白发渔翁，早已习惯于四时的变化。和朋友难得见了面，痛快的畅饮一杯酒。古往今来的纷纷扰扰，都成为下酒闲谈的材料。

今日歌

[明] 文嘉

今日复今日，今日何其少！

今日又不为，此事何时了？

人生百年几今日，今日不为真可惜！

若言姑待明朝至，明朝又有明朝事。

为君聊赋今日诗，努力请从今日始。

译文

　　总是今日又今日，今日能有多少呢！今天又没做事情，那么这件事情何时才能完成呢？人这一生能有几个今日，今日

不做事情，真是可惜啊！假如说姑且等到明天到了再去做，但是明天还有明天的事情啊！现在为诸位写这首《今日》诗，请从今日就开始努力工作吧！

题画

[清] 袁枚

村 落 晚 晴 天，

桃 花 映 水 鲜。

牧 童 何 处 去？

牛 背 一 鸥 眠。

译文

  乡村傍晚雨后初晴的天空格外明朗，桃花映照在水中，显得更加鲜艳。放牛的牧童也不知道去哪里了，只看见远处牛背上有一只鸥鸟，正睡得香甜。

己亥杂诗·其五

[清] 龚自珍

浩 荡 离 愁 白 日 斜，

吟 鞭 东 指 即 天 涯。

落 红 不 是 无 情 物，

化 作 春 泥 更 护 花。

译文

　　浩浩荡荡的离别愁绪向着日落西斜的远处延伸，离开北京，马鞭向东一挥，感觉就是人在天涯一般。我辞官归乡，有如从枝头上掉下来的落花，但它却不是无情之物，化成了春天的泥土，还能起着培育下一代的作用。

明日歌

[清] 钱鹤滩

明日复明日，明日何其多。

我生待明日，万事成蹉跎。

世人若被明日累，春去秋来老将至。

朝看水东流，暮看日西坠。

百年明日能几何？请君听我明日歌。

明天又明天，明天何等
的多啊！如果我们一生做事都
要等到明天再去做，那么势
必要虚度光阴，一切事情都
会错过机会，到头来俩高手
空空，悔之晚矣。世间的人大

都苦于被明日牵累，春去秋来不觉衰老将到。早晨看河
水向东迅速流逝，傍晚看太阳向西瞬息坠落。人的一生
能有多少个明天？请诸位还是听听我的《明日歌》吧。

论诗五首·其二

[清] 赵翼

李杜诗篇万口传，

至今已觉不新鲜。

江山代有才人出，

各领风骚数百年。

译文

    李白和杜甫的诗篇曾经被成千上万的人传颂，现在读起来感觉已经没有什么新意了。我们的大好河山每代都有才华横溢的人出现，他们的诗篇文章以及人气都会流传数百年。

吴兴杂诗

[清] 阮ruǎn元

交 流 四 水 抱 城 斜，

散 作 千 溪 遍 万 家。

深 处 种 菱 浅 种 稻，

不 深 不 浅 种 荷 花。

译文

　　四条河流交错环抱着吴兴城，它们的流向与城墙偏斜。这四条河又分出许多溪水，溪水边居住着许多人家。居民们利用这大好的自然条件，在水深的地方种上菱角，水浅的地方种植水稻，在那不深不浅的水域里种上荷花。

中国古代著名诗人称号

诗仙 —— 李白 青莲居士 李白、杜甫并称为"大李杜"

诗圣 —— 杜甫 自称少陵野老

诗魔 —— 白居易 香山居士

诗鬼 —— 李贺 李贺、李白、李商隐称为唐代三李

诗豪 —— 刘禹锡

诗杰 —— 王勃 王勃、杨炯、卢照邻、骆宾王合称"初唐
四杰"

诗佛 —— 王维

诗狂 —— 贺知章 "四明狂客"贺知章、张若虚、张旭、
包融并称"吴中四士"

诗骨 —— 陈子昂 大有"汉魏风骨"

诗囚 —— 孟郊 寒酸夫子

诗奴 —— 贾岛 "苦吟诗人"贾岛、孟郊合称"郊寒岛瘦"

诗神 —— 苏轼 东坡居士

七律圣手 —— 李商隐 李商隐、杜牧合称"小李杜"

诗家天子 七绝圣手 —— 王昌龄 王昌龄与高适、王之涣
齐名

|저자 소개|

최명숙崔明淑

現 상명대학교 글로벌인문대학 중국어권지역학 교수
북경사범대학교 문예학 박사
중국어, 중국 대중문화, 문화산업 및 한중문화 비교 연구
저서 :『중국 무협 블록버스터 영상미 그리고 음악』
　　　『중국 대중음악 연구』
　　　『중국어회화 기초향상편(TSC 2·3급 대비』
　　　『중국어회화 중급편(TSC 3·4급 대비)』

中华经典传统文化

古诗词鉴赏

초판 인쇄 2024년 1월 5일
초판 발행 2024년 1월 15일

저　　자 | 최명숙崔明淑
펴 낸 이 | 하운근
펴 낸 곳 | 學古房

주　　소 | 경기도 고양시 덕양구 통일로 140 삼송테크노밸리 AB224
전　　화 | (02)353-9908 편집부(02)356-9903
팩　　스 | (02)6959-8234
홈페이지 | http://hakgobang.co.kr/
전자우편 | hakgobang@naver.com, hakgobang@chol.com
등록번호 | 제311-1994-000001호

ISBN 979-11-6995-396-2 93820

값 : 16,000원